魔豆

懶散勇者物語 07

Brave Story

第四枚碎片

香草／著

懶散勇者物語 07

目錄

懶散勇者物語 CHARACTER

小妖

誕生於思思從北方賢者家中取得的水晶球裡。外表為一頭可愛無比的小黑貓，看似純真無邪、卻閃爍著狡黠光芒的雙瞳。
似乎只聽命於勇者夏思思……

夏思思

18歲長髮少女。被真神召喚至異世界的勇者。總喜歡穿著寬鬆衣服，讓人看不出她到底有沒有身材……個性有點懶散，也很怕麻煩，但卻聰明、思緒敏捷。
擁有強大精神力、能穿越任何結界。

卡斯帕/伊修卡

15歲，雙重身分（真神/祭司）。
化身為卡斯帕時，外貌絕美，身著精靈常穿的長衫。當身分為伊修卡祭司時，長相平凡，身穿祭司白袍。雖身分尊崇卻性格輕率跳脫，以旁觀勇者的旅途為樂。

埃德加

24歲，聖騎士團第七隊隊長。
難得一見的標準美男子。個性嚴謹，給人有點冷漠的感覺，卻有著外冷內熱、充滿正義感的一面，是名信仰虔誠的信徒。
魔武雙修，能力高強。

艾莉

實際年齡為25歲（雖然像15歲），隸屬埃德加麾下。很有鄰家小妹妹的感覺，但是其實非常喜歡惡作劇，又很毒舌，喜歡吐槽自家夥伴。然而，她過於年輕的外貌似乎隱藏著某個祕密……

奈伊

年齡不詳，是被教廷封印的高階魔族，但卻聲稱自己不食人肉！個性單純、不諳世事，被夏思思解除封印之後，便將她視為「最重要」與「絕對服從」的存在！

艾維斯

22歲，亡者森林裡的首領。
臉上常掛著若有似無的笑意，有著獨特又神祕的魅力。擁有一頭金紅及肩長髮、中性美的端正五官，性格卻聰慧狡詐。

佛洛德

10歲便獲得了「北方賢者」稱號的天才，於魔法、科學及學術上皆有優越的成就。17歲遇上伊妮卡，人生便從此不同了……喜歡看書，個性溫和有禮，渾身散發著知性與寧靜的氣質。

奧汀

8歲，現任緋劍家家主。
初代勇者後代，擁有緋紅的髮色與眼眸。
個性老成持重，一副小大人模樣。
四處遊歷並尋找被祖母驅逐的兄長。

羅奈爾得

本是一名奴隸，因稀有的闇系體質而擁有非人的力量。被人稱為「闇之神」。
長相非常俊美，性格卻冰冷無情，總是帶有殺意的眼神讓人望而生畏。
15歲時與卡斯帕相遇，25歲時兩人決裂……

楔子

由於回到王城以後事情不斷，再加上卡斯帕所告知的眞相實在太有衝擊性，結果讓夏思思把羅洛特贈送的禮物很乾脆地遺忘了。

直至到房間翻找東西時把木盒翻出來，少女這才想起那個不起眼的小木盒。對這份禮物充滿好奇，夏思思迫不及待地把木盒打開，首先映入少女眼簾的並不是預期中的禮物，而是把禮物層層包裹著的絨布。

見內容物被如此嚴密地保護著，夏思思對它的興趣更濃了。小心翼翼地把絨布打開，只見裡面所包著的是一瓶用玻璃瓶存放著的墨綠色液體，以及一封簡短的書信。

夏思思先是饒有趣味地搖了搖這瓶墨綠色液體，從中研究不出什麼名堂後，才把注意力轉移至書信上。

信上只有寥寥數句，甚至並沒有上款下款，只是解釋了幾句，然後簡短地介紹了這瓶墨綠色液體後便沒有下文了，簡直就像一張購買電器後附送的產品說明書。

飛快閱覽了信上內容，夏思思看著這瓶液體的眼神頓時變得不一樣了。

這竟是一瓶能夠解除魔化的藥劑！

也就是說，這瓶顏色詭異、像毒藥多於解藥的藥劑，能夠解除艾莉身上殘留的微弱魔性，讓少女脫離「永遠的十五歲」這個詛咒！

同時也代表著，它能夠讓從胎兒時期開始就被魔血侵蝕的伊妮卡恢復成人類之身！而葛列格的綠色眼眸也能恢復成正常的緋紅！

如果能成功把伊妮卡拉入人類陣營，那北方賢者不是手到擒來了嗎？

這瓶藥劑實在太重要了！重要得會改變這場大戰的局面！

可惜根據信中所說，製作藥劑的主要材料由於分量不夠，因此藥劑的效力無法持久。羅洛特坦言他多次嘗試仍無法加強藥劑的效力，因此便把藥劑交給夏思思，希望以她勇者的身分能夠找到解決的辦法。

盯著玻璃瓶裡的墨綠色藥劑，少女喃喃自語著說：「羅洛特你……到底是什麼人呢？」

夏思思從未告訴過對方她的身分，而且這個男人獨自出現在落石山脈這點也實在太巧合了。

知道自己即使想破頭也無法理出頭緒，少女也就不再胡亂猜測，把注意力再度投放在藥劑上。

這瓶藥劑實在太重要了，在確定藥劑的效果並改善它的缺點以前，夏思思並不打算讓太多人知道這件事情。

少女乾脆把藥劑丟進空間戒指裡眼不見爲淨，隨即向伸出小爪子利用衣櫃磨爪的小妖笑道：「我去一趟維爾拉學園，小妖你乖乖留下來看門喔！」

ch.1 魔法學園

維爾拉學園是整個安普洛西亞王國最古老的學府，曾培養出無數名留青史的學者、魔法師、騎士與劍士，多年來一直位居所有學園之首。

學園的門檻很高，能夠入學的學生全都是數一數二的天才。而相對入學的嚴格要求，畢業的條件則更爲嚴苛，聽說第一個學期便會把入學的新生刷下三分之一，然後每年考試也零零星星淘汰掉不少跟不上程度的學生。所有從維爾拉學園畢業的學生可謂一步登天，即使是那些達不上要求而被中途刷下的學生也不必擔心出路，只因他們全都成了被其他學園爭相招攬的搶手貨！

爲了尋找有關降魔戰爭的資料，夏思思常往圖書館裡跑，對於這座坐落於國家圖書館旁邊的建築物自然不會陌生，但進入其中還是第一次。

之所以會進入這座舉世聞名的首席學府，自然不是素來懶散的勇者大人忽然想不開想要當個勤奮好學的學生了，夏思思是特意過來接人的。

一切還是說回某天的早晨，當眾人商議出預言中第四枚聖物碎片有可能在獸族手裡，並決定往獸族領地「石之崖」跑一趟後，布萊恩忽然想起一枚存放在王家寶庫中塵封已久的東西。

在國王的示意下，他的近身侍衛從寶庫中取出一個鑲滿寶石、以純金打造的飾物盒。

所有人的目光全被侍衛手中的寶盒吸引，就連最為崇尚簡樸、嚴以律己的埃德加也不例外。對此，夏思思倒是很理解，畢竟這麼亮晶晶、黃澄澄的寶石與黃金實在很難讓人忽視。少女甚至想到一句話：閃瞎你的狗眼！

搖了搖頭，把這句在網路很流行的用語從腦海中拋開，夏思思略帶激動地看著侍衛把寶盒打開，在好奇心作祟下，少女只覺侍衛那不到數秒的動作竟是意外地漫長，簡直就是吊足了她的胃口。

當侍衛把寶盒完全打開後，看到存放在裡面的東西，夏思思難掩失望的表情。安放在寶盒裡的，只是一根橙紅色的羽毛。

雖然羽毛顏色非常漂亮，那種亮麗的橙紅就像是燃燒著火焰似地，在金光的襯托下彷彿下一秒便會化為一束搖晃的火光，但也僅止於此，實在看不出有什麼特別的。

眾人把視線從羽毛移往布萊恩身上，這根羽毛有資格被國家珍而重之地存放在寶庫裡，絕不只是因爲它的顏色漂亮而已。

感受到眾人探究的視線，布萊恩很爽快地道出答案：「這根羽毛，傳說是獸王送予菲利克斯帝國的西維亞女王，用來代表著雙方交好的信物。」

「難道……這是火鳥的羽毛!?」夏思思驚奇地看著寶盒中的羽毛，愈看愈覺得這是一束橙紅色的火光。

「如果記載沒錯的話，是的。」國王陛下點了點頭。

夏思思歪了歪頭，道：「我記得你們說過，很久以前菲利克斯帝國的某任女王獲得獸族的友誼，就是指那位西維亞陛下吧？」

布萊恩陛下說道：「對，你們帶著這枚羽毛去，要是獸王看在當年情誼的份上，主動把聖物碎片歸還自然最好；即使不行，也至少相當於一個護身符。」

夏思思一臉感動地接過侍衛遞上的寶盒，道：「陛下您眞是太體貼了！請放心，我一定會好好完成任務的！」

看夏思思說得誠懇，本有點不爽兄長把那麼珍貴的珍寶外借的安朵娜特臉色稍緩，卻不知道勇者大人正滿腦子打著寶盒的主意。

這成色、這雕功……嘖嘖！要是賣出去的話到底值多少錢呢？

這麼貴重的寶盒用來放羽毛根本就是暴殄天物嘛！回頭讓她換一個普通的盒子去存放就好了。

要是讓安朵娜特知道夏思思此刻心裡所想，必定立即二話不說便把東西收回去，然後換一個鐵皮盒給她……

見夏思思把寶盒妥善存放入手上的空間戒指後，布萊恩續道：「另外你們帶莉蒂亞一起同行吧！」

國王的話令安朵娜特神色一變，正要說什麼，埃德加卻已率先婉拒了國王的好意，道：「陛下，莉蒂亞殿下乃千金之軀，這次前往石之崖危險重重，只怕……」

布萊恩搖首笑道：「莉蒂亞雖然年紀小，但已是名魔法學徒了，她能夠好好照顧自己的。雖然你們有羽毛爲證，但還是要有一名王室成員同行才能顯出誠意。安朵娜特要留在王城準備大婚事宜，我又無法隨意離開城堡，就讓莉蒂亞走一趟吧！」

夏思思小聲詢問：「不是說陛下只有安朵娜特一個妹妹嗎？什麼時候又多一個公主出來？」

凱文解釋：「莉蒂亞殿下是陛下的女兒，安普洛西亞王國的公主。」

夏思思驚訝地睜大雙眼，道：「陛下的女兒!?呃……這個世界的男生眞是早熟啊……哈哈哈！」

安朵娜特公主橫看豎看也年長不了夏思思幾歲，而她與布萊恩是雙胞胎兄妹，也就是說兩人都只有十八、九歲而已。十八歲卻連女兒都有了嗎？而且女兒還已經到了求學的年紀……那布萊恩到底是多少歲當爸爸的呀？

聽出夏思思話裡的意思，凱文嘆了口氣說道：「那是沒辦法的事情，王室人丁單薄，前任國王死得早，就只留下一子一女。對國家來說，延續王室血脈是必要的。」

也就是說這是政治婚姻了？夏思思同情地看了布萊恩一眼，嘴巴卻止不住地八卦道：「莉蒂亞殿下現在幾歲了？」

提到小公主，凱文露出與有榮焉的神情說道：「莉蒂亞殿下是難得一見的魔法天才，今年才剛滿五歲就已是名魔法學徒了，打破了維爾拉學園最小年紀的入學紀錄呢！」

敷衍地附和了聲，夏思思的腦海裡卻暗暗計算著小殿下現在五歲，也就是說布萊恩大約十四歲便當爹了。強人啊……

夏思思看向國王的視線，頓時充滿了敬仰與佩服。

回憶到此為止，夏思思收起了打量維爾拉學園的視線，舉步步入校園裡。由於接下來的旅程眾人會與小公主一起行動，為了彰顯對莉蒂亞殿下的重視，也為了讓小公主早些習慣一起旅行的伙伴，因此在埃德加的建議下，夏思思把所有將會同行的人都喚來了。

勇者等人的出現，早已吸引了出入校門學生們的注意，除了因為他們全都是俊男美女之外，還因為他們一身寒酸的衣著。

夏思思一身古怪的衣著配搭已不用再多說，而為了符合勇者大人低調的要求，幾名聖騎士也全都穿著簡樸的劍士服；至於亡者森林出身的艾維斯本就習慣了一身粗衣麻布，給他太華麗的衣飾反令他一身不自在。奈伊對衣著從來沒有任何要求，自然跟隨著夏思思的喜好來打扮了。

維爾拉學園有著獎學金制度，即使是平民子弟，只要能通過入學測試便不愁學費，校服更是一律由學校免費提供。款式華美而且全都是使用昂貴的布料，相比之下，就顯得勇者一行人更爲寒酸了。

很快地，便有一名守門的護衛攔住了夏思思等人，並禮貌地詢問眾人的來意，男子完全沒有因眾人的寒酸衣著而表現出任何輕視，體現出與這個古老學園相符的良好素養。

埃德加上前與守衛表明來意，這些護衛顯然早就收到消息，聽到夏思思等人的目的後露出恍然大悟的表情，並且恭敬地把眾人帶至火系魔法師所屬的學院。

正值休息的時段，青蔥翠綠的庭園上三三兩兩聚集了一些穿著紅色法袍的學生。維爾拉學園的校服會因應不同系別而出現相應的款式，如法師袍、劍士服、祭司袍等。同時魔法袍亦會因學生的屬性而劃分出不同的顏色，火系學院這裡放眼所見，學生全都穿著一身奪目的火紅法袍。

很快地，守衛便從一眾學生中指出一名安安靜靜地坐在涼亭裡看書的小女孩，向眾人行了一禮後便退了下去。

女孩有著遺傳自父親的金棕髮色，也許由於布萊恩與安朵娜特是雙胞胎兄妹的緣故，與其說容貌與布萊恩有八分相似的莉蒂亞殿下與國王長得很像，倒不如說她簡直就是同為女性的安朵娜特的翻版。女孩最引夏思思注目的，是她擁有一雙明亮美麗的紫藍色眸子。

「好漂亮的瞳色，是遺傳自她的母親嗎？」夏思思讚歎道。

埃德加搖首：「不，王后殿下的眸子是天空的蔚藍色。莉蒂亞殿下的瞳色遺傳自遠古血脈。說起來，王室嫡系成員每隔數代便會出現擁有紫藍瞳色的孩子。」

「布萊恩陛下真是有心了。」夏思思感歎道。雖說安朵娜特與布萊恩二人的確是不方便離開城堡沒錯，可是讓年幼公主隨行的主要原因，大概是因為莉蒂亞殿下較有可能擁有接近遠古菲利克斯帝國的王族外貌，布萊恩希望能夠藉此喚起獸族對人類的情誼，盡量減少他們會遇到的危險吧？

雖說碎片關乎人類的存亡，要是夏思思等人任務失敗的話，安普洛西亞王國也沒有好日子過。但作爲一國之君的布萊恩能夠設身處地爲他們著想，把獨生女交託給他們，那份體貼與氣魄實在令人不得不佩服。

夏思思等人成了火系學院內唯一有別於火紅的顏色，從出現的瞬間便吸引了學生們的注意。同樣身處涼亭的莉蒂亞也不例外，早在他們現身時女孩已把手裡的書本闔上，站起身迎上勇者一行人。

早就聽聞莉蒂亞殿下只有五歲幼齡，但確實看到這名長得粉妝玉琢、高度還不到她腰間的小女孩時，夏思思還是不禁感慨王室的孩子眞早熟。雖然在地球五歲也是正在上學的年紀，但維爾拉學園可是寄宿制度的耶！那麼小的孩子能夠離開父母身邊在學校住宿已經很了不起了，更遑論小公主正一板一眼地向眾人行禮問候，小小年紀已盡顯王室風範。

「妳是思思姊姊對吧？事情的經過我已經知道了，也早就收拾好行裝，請待我與老師說一聲以後便可立即起程了。」莉蒂亞公主向夏思思甜甜一笑，態度親切友善，完全沒有安朵娜特的囂張傲慢，顯示出這位小公主良好的家教。

雖說由於父母早逝，憐惜妹妹的布萊恩對妹妹過於放縱溺愛，才導致安朵娜特成了現在的性格。但無論原因如何，對比之下夏思思還是覺得兩人同樣是公主，但卻是一個在天一個在地啊！

看小公主雖然年幼但卻可愛懂事，眾人皆露出欣慰又滿意的笑容，心想接下來與公主同行的旅途應該沒有想像中糟糕。

此時，一個不和諧的聲音從眾人身後響起：「我還在想這些衣著窮酸的人是誰，原來是莉蒂亞同學的朋友？雖然妳只是個男爵的女兒，但好歹也是個貴族，拜託妳別什麼人都往學院裡帶好嗎？這樣子有失身分耶！」

奈伊奇怪地說：「男爵的女兒？她不是……」

「噓！」位於魔族身旁的艾莉一個肘子往奈伊擊去，打斷了青年的詢問。隨即在不知情的夏思思等人好奇的視線下小聲解釋：「爲了莉蒂亞殿下的安全，在學園裡殿下一直以男爵千金的身分學習，知道殿下身分的只有校長，以及幾名被託付暗中照顧殿下的高官子弟而已。」

「這樣啊……」夏思思不禁同情地看著那個意氣風發地前來找碴的女學生。她大概怎樣也想不到，只是來找一個男爵千金的麻煩，實際上卻得罪了一個公主吧？而且這名公主將來還很有可能會繼承安普洛西亞王國的王位！

莉蒂亞收起了可愛的笑容，道：「露絲妳怎能這樣子說思思姊姊他們？我知道因爲我這次的考試成績比妳好所以妳懷恨在心，但也不應該這樣說我的朋友。」

「妳別以爲成績比我好便可以如此神氣！只是區區一個男爵之女，妳知道我的父親是誰嗎？」

被露絲張牙舞爪的神情嚇到，小公主一臉害怕地縮了縮身子，正好把與她並肩的夏思思暴露了出來。

看這個名叫露絲的女生這麼囂張，夏思思等人都有點生氣了。只有艾維斯若有所思地往小公主看了一眼，隨即微微皺起眉。

只見夏思思把有點嚇到的莉蒂亞拉至身後，隨即掩嘴笑道：「露絲小姐對吧？妳連妳自己的父親是誰都弄不清楚，即使妳詢問我們，我們也幫不了妳啊！妳還是快點回家去問一問妳母親，到底誰是妳的父親吧！」

聽到夏思思故意扭曲露絲話裡的意思，還暗示露絲的母親水性楊花，害得女兒連親生父親是誰也不知道，聽得在旁看好戲的學生們一陣好笑。尤其性情囂張傲慢的露絲本身人緣就不好，一些與她曾經有過摩擦的學生更是毫不留情地發出哄笑聲。

「妳……妳給我記著！」露絲氣得都想一顆火球往夏思思身上射去了，偏偏學園規矩嚴厲，不要說她只是個子爵的女兒了，即使是公主，在學園裡犯錯也須依校規處罰，在眾目睽睽下，她再氣也不敢向夏思思出手。

夏思思裝作不解地歪了歪頭，道：「我不明白妳想讓我記著什麼呢……倒是露絲小姐妳這次詢問母親後要記著父親是誰了喔！不然認錯父親可尷尬了呢！」

夏思思連嘲帶諷的話氣得露絲怒不可遏，卻又拿她無可奈何，偏偏素有毒舌之名的艾莉還在旁煽風點火，道：「怕只怕就連她母親也不確定哪一位才是露絲小姐的生父呢！」

「竟然如此羞辱我！妳們給我記著！」露絲顯然已被氣昏頭，罵不到兩句又再度把禁語脫口而出。

艾莉自然不會放過奚落對方的機會，道：「露絲小姐放心吧！我們自然記得自己的父親是誰，露絲小姐妳也別再忘了。」

一個夏思思已經氣死人，再加一個艾莉的話，戰鬥力已經不是一加一的程度，而是翻倍又翻倍了，只見露絲都快要被她們氣得吐血……

「你們圍在這裡做什麼？」此時，一個略帶不悅的嚴肅女聲從人群後方響起，一眾圍觀的學生聞言，立即讓開一條道路，充分顯示出發言者在學生間的威望。

夏思思好奇看去，只見一名應該是教職員的女性從學生讓開的道路緩步上前，這位老師早已年華不再，年約五十的臉上滿是歲月的痕跡，黑褐色的長髮一絲不苟地盤在腦後，狹長的眸子依序掃過在場眾人，最後把視線定格在一名女學生身上：

「愛蓮，妳來說。」

趁著女導師把注意力投放在那個名叫愛蓮的女學生身上時，莉蒂亞小聲向勇者等人介紹女導師的身分。夏思思這才知道這名在學生中有著巨大威望的人，並不是她所以爲的尋常老師，而是火系魔法學院的學院長！

愛蓮的性格一如她的外表般忠厚老實，這也是學院長挑她來問話的原因。只見她不偏不倚地報告了所有事情之後，便一言不發地回到人群中。

聽過愛蓮的報告，學院長便把視線投放在身處涼亭的三名少女身上。

迎上學院長的視線，露絲立即一臉委屈地上前告狀：「學院長，妳要替我主持公道啊！這兩個女人不單嘲諷戲弄我，還誣衊我不是父親親生的，這是對我家族的侮辱！」

經過一輪唇槍舌劍後，露絲早把艾莉與夏思思恨死了，作為最初目標的莉蒂亞反倒被她遺忘在腦後。

學院長聞言皺起了眉。露絲的囂張在學園是出了名的，她自然知道這個學生是什麼德行。只是夏思思二人的話涉及了貴族血脈的清白，這絕不是能夠輕輕帶過的問題。貴族都把自身的血脈看得非常重要，這兩名客人的話已把一個家族往死裡得罪了。

「學院長，事情不是這樣的。」就在她苦惱著該怎樣處理時，莉蒂亞可愛的童音脆生生響起。

學院長非常喜歡莉蒂亞這名聰慧乖巧的學生，看向小女孩的目光不由得柔和了幾分，道：「莉蒂亞同學，妳有什麼需要補充的嗎？」

女孩點了點頭，道：「是的。」

夏思思決定保持沉默，身爲勇者的她並不怕露絲背後的家族，不過她也想看看莉蒂亞這位小小的公主殿下會怎樣處理這次事件，因此少女選擇了一言不發地站在一旁看好戲。

露絲冷笑了聲，道：「剛才的事情愛蓮學姊已說得很清楚了，難道妳想說愛蓮學姊說謊嗎？」

能夠進入維爾拉學園學習，露絲自然不笨。雖然先前被夏思思與艾莉一唱一和打擊得方寸大亂，但女孩冷靜下來以後立即恢復了往日的精明。此番話連消帶打，不光能夠堵住莉蒂亞的嘴，還能離間女孩與愛蓮的感情。

莉蒂亞不慌不忙地應道：「愛蓮學姊的話自然是眞的，只是思思姊姊她們沒有誣衊露絲同學妳的血統呀！」

「怎麼沒有？她們說我不是父親的女兒！」一說到這裡，露絲立即怒不可遏。

「可明明是露絲同學妳先不記得父親是誰的嘛！而且思思姊姊她們也只是被妳的話所引導而進行了推測而已。」莉蒂亞一臉天眞無邪地詢問：「不正是妳詢問大家知不知道妳的父親是誰，才引起往後一連串猜測的嗎？」

頓了頓，小公主還補上一句：「妳別生氣，妳的失憶症那麼嚴重，思思姊姊她們也是太熱心怕妳認錯別人作父親而已。」

莉蒂亞的童言童語狀似天眞卻句句直指要害，害露絲再次有了吐血的衝動。女孩連忙往學院長求助道：「學院長，妳看看她們這是什麼態度……」

女孩的控訴卻被學院長打斷：「露絲，莉蒂亞所說的話是眞的嗎？是妳先詢問大家誰是妳的父親？」

「是……但這是因爲……」說到這裡，露絲的話戛然而止。她想反駁說這是夏思思她們故意扭曲自己的話，但萬一學院長詢問她的原意時該怎麼說？難道說當時她是想要炫耀父親的身分，藉此威脅對方嗎？

露絲發現她完全被逼得沒有退路了，無論回答「是」或者「不是」，都絕對討不了好。此刻她開始後悔剛剛向學院長告狀的舉動了，早知道這幾個女人如此難纏，當時就應該把事情輕輕掩過便作罷，省得現在陷入進退兩難的局面。

看學院長仍等待著她答話，露絲一咬牙，很快便下了決定：「抱歉，學院長，這只是我與莉蒂亞同學的小誤會……驚動到學院長您眞的很抱歉。」

學院長沒有說話，而是看向一旁的莉蒂亞。

小公主甜甜一笑，道：「露絲同學不生思思姊姊她們的氣就好了，我們和好吧！」

看到莉蒂亞沒有死咬著事情不放，露絲暗暗鬆了口氣，並不情不願地伸出手與小公主輕輕一握。

經過這次的事情之後，露絲可說是什麼臉都丟光了。不止是她，就連她的家族在往後也有很長一段日子成爲了別人的笑柄。畢竟一名子爵千金忘記自己的父親是誰，還被人嘲諷叫她回去詢問母親這種事情，絕對有成爲眾貴族茶餘飯後話題的本錢啊！

ch.2
白日遇鬼？

露絲的留難對夏思思等人來說只是一段不起眼的小插曲，卻正好藉此讓眾人發現到莉蒂亞的優秀聰敏。最難得的是，小公主很有義氣，在學院長出現時挺身而出力挺他們，這舉動在夏思思心裡加了不少印象分。

只能再一次慨嘆安朵娜特是公主，莉蒂亞也是公主，但人與人之間果然是有差距的！

莉蒂亞早已把行李收拾妥當，趁著女孩回宿舍取行李的空檔，艾維斯巧妙地避過了埃德加等人，向夏思思提醒道：「思思，妳要小心一點這個小女孩。」

面對艾維斯的警告，夏思思雖然驚訝卻沒有露出任何質疑的神色。自從來到這個世界以後，同伴中就只有艾維斯能夠跟得上她的思維，對於這名青年的想法，夏思思還是很看重的。

少女對自己的定位很清楚，她很聰明，而且思想靈活多變，絕不會侷限於既有的框框條條裡。可有著優點的同時，她也是有缺點的，例如她沒有長遠的大局觀，也並不擅長陰謀詭計，而艾維斯卻正好填補了這些缺點。因此，對於青年的提醒，夏思思立即便表現出足夠的重視。

夏思思的信任令艾維斯感到很滿意，這也是為什麼他明知莉蒂亞的尊貴身分，卻仍願意向少女做出警告的原因。

如果艾維斯這番話是向埃德加他們這些聖騎士說的，只怕得出來的結果不會太愉快了吧？

至於奈伊……艾維斯覺得以對方的心計，警不警告他根本就沒有區別……

想到這裡，他忽然覺得自己眞的很了不起，陪在勇者身邊的日子不算長，但已能如此理所當然地去鄙視一名高階魔族的心計了……

「我覺得那位露絲小姐前來找碴時，莉蒂亞殿下的處理手法有點巧妙。無論是退後還是替思思妳們辯論的時機都是剛剛好，就像經過精心的計算。」艾維斯只是簡單地說了一下便住口了，他相信以少女的聰明才智會聽得懂的，而且莉蒂亞的身分特殊，他也不方便把話說得太直白。

果然，夏思思一點便透，道：「你認爲她把我當槍使？」

艾維斯假咳一聲，心想夏思思還眞是什麼都敢說，她就不怕隔牆有耳嗎？雖然以少女的勇者身分絕對足以秒殺區區的公主，可是他們未來的旅程還得仰賴莉蒂亞的身分，要是有什麼不好聽的話傳回小公主耳裡，只怕會帶來不必要的麻煩。

夏思思仔細回想了當時的情境，也覺得莉蒂亞一開始的退縮的確有種故意把她暴露在露絲視線的感覺，不過……

「艾維斯，謝謝你的提醒。但我想你也不用太擔心，因爲……」夏思思笑道：「因爲我相信奈伊。」

艾維斯愣了愣，隨即也明白了過來。

奈伊身爲對人類情緒特別敏銳的魔族，要是莉蒂亞對夏思思懷有惡意的話，他沒理由會無動於衷。

想到這裡，青年也就釋懷了，但仍是再提醒了一句：「即使如此還是留意一下比較好，我總覺得這孩子並不簡單。」

夏思思頷首：「嗯，我會注意的。」

眾人並不知道艾維斯對莉蒂亞的評價，即使知道，也不會將青年的警告放在心上。畢竟莉蒂亞的年紀擺在那裡，五歲的幼齡足以讓眾人對她放下戒心，更何況女孩身為安普洛西亞王國的公主，莉蒂亞根本沒有任何傷害眾人的理由。

小公主白皙可愛，再加上她的嘴巴很甜，無論對誰都總是很乖巧地「哥哥、姊姊」掛在嘴邊，一點兒也沒有恃著自己的王族身分高傲自大，乖巧可愛得讓人疼入骨子裡。

回到城堡時，小公主顯得很高興，總是掛在臉上的甜美笑容多了幾分孩子應有的純眞與熱情，夏思思本來覺得小公主先前的笑容很甜很可愛，可是當有了對比之後，她卻覺得莉蒂亞現在的笑容才是最眞、最好看的。

女兒難得回家，可是布萊恩卻只留她在城堡裡待了一天，第二天一早，莉蒂亞便跟隨大家出發了。

對布萊恩來說，莉蒂亞是他的驕傲，即使這次的旅程伴隨著危險，可是他卻相信這名優秀的女兒會做得很好。

勇者出行自然是不得了的大事，不過依照夏思思一貫低調的作風，他們再度無聲無息地離開了王城。

由於有了莉蒂亞加入的緣故，這次隊伍中多了一輛馬車。馬車出自王室的巧匠之手，看著這輛馬車，夏思思不得不佩服匠師們的工藝，即使馬車的外表沒有任何代表身分的徽章，簡樸得看起來毫不起眼，然而舒適度與防震卻做到了盡善盡美。

這歸功於馬車的車廂刻畫了一些防震的魔紋，讓身處車廂的人完全感受不到絲毫顛簸。相較於夏思思先前那坐了一次便敬謝不敏的平民馬車，這輛王室專用馬車絕對是完全不同的層級！

夏思思對這輛馬車表現出強烈的興趣，雖然她並不喜歡長時間悶在馬車裡，但這並不影響每到烈日當空中午時，勇者大人鑽進馬車納涼與午睡。

至於其他人則仍舊選擇策馬前進，尤其對騎士們來說，他們寧可在馬背上度過一整天也不願意悶在馬車裡，反正與夏思思同行，走不了多久勇者大人便會要求停下來休息了，行程根本就輕鬆得猶如觀光一樣。

□

看著一旁呼呼大睡的夏思思，莉蒂亞伸了伸因長時間坐著而有點僵硬的身子，隨即輕輕嘆了口氣。

根據她這幾天的觀察，這位人類的希望、由眞神所挑選出來的勇者大人，只有一個「懶」字可以形容。少女行動力嚴重不足，也沒看出她有任何過人之處。聽說夏思思是名強大的水系法師，可是莉蒂亞卻從沒看過她使用魔法。愈是觀察就愈是不明白，眞神到底是因爲什麼原因而選擇對方當勇者的，難道只因爲她是來自異世界的人嗎？

偏偏身旁的同伴對夏思思卻是意料之外地信服，雖然在旅程中發號施令的人是埃德加，但每遇上較爲重要的決定時，騎士長都必定讓夏思思拿主意，從沒越俎代庖。莉蒂亞看出埃德加此舉並不只是因爲對方的勇者身分，而是心悅誠服地遵從夏思思的決定！

要說聖騎士以及艾維斯把夏思思當成領導者來看待的話，那麼那個名叫奈伊的魔族簡直就像頭聽話無比的忠犬了。莉蒂亞早就聽說勇者身邊有著一名高階魔族作護衛，可是看到兩人的互動時，公主小小的心靈還是受到了很大的震撼與驚嚇。

那就是高階魔族？人類最大的威脅、最恐怖的敵人就是這副德行!?

除了聖騎士與魔族之外，同伴中還有一名來自亡者森林的青年艾維斯。一想起這個人，莉蒂亞便覺得很鬱悶。她在很小的時候便發現只要自己向人們甜甜地笑，那些人多數都不會拒絕她的小要求。自此，她便有意爲之地利用自身的優勢，憑藉甜美漂亮的外表與乖巧可愛的性格獲得所有人喜愛。

可是這次的旅程莉蒂亞卻發現，艾維斯竟一直對她懷有淡淡的警戒！偏偏這個看起來很好相處、實際上卻高傲無比的青年卻對夏思思很信任，這讓小公主在不甘心之餘還生出了小小的挫敗感。

托著略帶嬰兒肥的臉蛋，莉蒂亞鬱悶地盯著夏思思的睡臉，專注的程度彷彿想從對方臉上看出一朵花來。

這個人到底有什麼魅力，讓這麼多強者心悅誠服地跟隨她呢？

此時夏思思長長的眼睫毛微微顫動，莉蒂亞並沒有因對方即將醒來而移開視線，而是大大方方地迎上夏思思張開的眸子。

「思思姊姊午安。」

面對孩子甜甜的笑容，夏思思茫然地眨了眨眼睛，然後一臉迷糊地回道：「午安……我們出了森林了嗎？」

小公主搖了搖頭，道：「還沒呢！今天似乎仍要在森林露宿。」

「喔！」夏思思很輕鬆地應了聲，一點也沒有女孩想像中的懊惱。

莉蒂亞發現自己愈發弄不懂對方了。莉蒂亞從來沒看過像夏思思那麼懶的人，可是這個懶人有時候卻意外地好相處，例如像這種餐風宿露的生活，放在王城那些紈褲子弟身上，只會換來怨聲載道，可是夏思思這個明顯很喜歡享受的人卻像沒事人般默默忍受下來，從沒爲同伴帶來任何麻煩。

察覺到莉蒂亞一直盯著自己看，夏思思筆直地迎上女孩的視線，道：「怎麼了嗎？」

夏思思的眼神很明亮，莉蒂亞想不到對方察覺到她的注視後，會如此直接地回望過來，結果反倒是女孩有點不適應地把視線移開，道：「沒什麼……」

就在此時，一直賴在夏思思懷裡午睡的小妖忽然離開少女溫暖的懷裡，只見牠用力一跳，伸出小爪子的前掌想把自己小小的身子掛在窗框上。

幼貓的爪子力道不足，莉蒂亞看小妖的身體搖搖欲墜，便把牠抱起來直接放在窗框上。要是平時，小妖是絕不會給夏思思以外的人抱的，可是此刻窗外吸引牠的東西顯然更加重要。腳踏實地後，小妖理也不理會莉蒂亞，鑽進窗簾便對著外面發出恫嚇的叫聲。

「奈伊，停下來。」夏思思向客串馬夫的魔族喚了聲，隨即上前拉開窗簾。耀眼的陽光隨著夏思思的動作射進馬車內，少女有點不適地瞇起雙眼，然而一雙黑褐色的眸子卻在看到窗外一閃而過的「某東西」時倏地睜大。

此時莉蒂亞也一臉好奇地往外看：「怎麼了？外面有什麼嗎？」

夏思思反問女孩一個莫名其妙的問題：「莉蒂亞，你們世界的鬼魂也是怕陽光的對吧？」

不知道夏思思是否天生與亡靈有緣，別人也許一生都沒有遇鬼的經驗，來到這裡以後，少女卻從沒少過與亡者打交道的機會。無論是亡者森林中的幽靈海倫娜，以及後來出現的一大堆怨靈，還有紅袍法師陵墓中的那些「手下」，皆屬於亡靈的範疇。

這些亡靈都有一個共通點，便是懼怕陽光，這倒是與地球中鬼魂怕陽光的說法不謀而合。

可是剛剛看到的景象，卻讓夏思思對這個定律產生了懷疑。

夏思思那奇怪的問題讓莉蒂亞愣了愣，但女孩仍解答了勇者的疑問，道：「亡靈的確懼怕陽光沒錯，因爲陽光裡的光系元素會大幅度削弱它們的力量，甚至令它們魂飛魄散。除了光元素之外，火元素也能對亡靈造成傷害，所以祭司與火系法師都是亡靈的剋星。」

「思思，怎麼了？」就在馬車停下來的這瞬間，聖騎士立即拔劍進入警戒狀態，只要有任何風吹草動，他們便會第一時間保護馬車內兩名身分尊貴的女孩。

艾維斯則是朝著馬車奔去，緊接著乘著衝力一躍而起踩在車廂牆壁上，居然就這麼踩著牆壁凌空連踏幾步，隨即縱身扣住車廂邊緣借力一翻躍到了車上！

相較於三名同伴，奈伊的反應卻是遲緩得多了。只因青年的反應往往依賴於魔族特有的感應天賦，他沒有像聖騎士般受過有系統的訓練，也沒有艾維斯那種多次經歷生與死所鍛鍊出來的反應，在感受不到惡意的狀況下，青年的警戒弱點便浮現出來。

不過埃德加他們卻沒有對奈伊的表現多說什麼，只因他們很清楚危機反應並不是一朝一夕可以訓練出來的，何況青年的長處在於敏銳的偵察與破壞力，奈伊的缺憾自然會由其他同伴來彌補，這正是團隊合作的好處。

甚至對埃德加來說，奈伊還是有些弱點會比較好。雖然經過這段時間相處，奈伊早就獲得騎士長的信任，可是青年魔族的身分明擺在這兒，要是他的戰鬥力太完美的話，反而容易惹來教廷的猜忌，現在這樣子正好。

夏思思再三確認剛剛驚鴻一瞥的東西已經徹底消失無蹤以後，這才回答埃德加的詢問，道：「小埃，我剛剛見鬼了！」

「……」

面對眾人質疑的眼神，夏思思不滿地道：「我是說眞的！」

凱文假咳了聲，道：「可是……思思，妳剛剛說自己遇鬼時的神情實在太愉快了，這很沒眞實感耶！」

少女理也不理凱文，逕自抱起已停止了威嚇動作的小妖，道：「剛剛小妖也看見了，對吧？」

黑貓聞言點了點頭，令初次見識到小妖那妖孽般智慧的莉蒂亞目瞪口呆。

此時奈伊插話道：「是眞的，因爲我好像也看到了。」

「好像？」魔族那不確定的發言讓埃德加皺起了眉。一直對奈伊充滿敵意的小妖則是滿臉不屑地撇了撇嘴，其人性化的表現再次令莉蒂亞吃了一驚。

「稍早以前我感應到一股很特別的魔力波動，但由於感受不到惡意所以並沒有理會。後來小妖發出恫嚇聲我才回首察看，當時確實在馬車旁看到一道白色的身影瞬間消失。但過程前後不足一秒，我也不肯定是不是我看錯了。」面對埃德加的詢問，奈伊完全不敢輕率以對，這名聖騎士長早在同伴中建立了他的威信。如果說夏思思對奈伊來說是最重要的親人、是無條件服從的對象，那麼他對埃德加的感情則是兄長般的敬畏與信任。

奈伊的話大大增加了夏思思話裡的可信度，魔族的視力比人類優秀得多，也許夏思思會把陽光的折射誤看成白色的鬼影，但奈伊應該不會犯這種錯誤。至於小妖的意見……這頭性情凶殘善變的妖獸至今仍未獲得埃德加的信任，所以對於牠的表態，騎士長很乾脆地無視了。

艾維斯從馬車頂躍下後略微思索，便哭笑不得地詢問：「所以思思妳才詢問鬼魂怕不怕陽光嗎？」雖然早就知道夏思思總是喜歡不按牌理出牌，但這次也太誇張了吧！

尋常女孩子遇上亡靈後，即使不嚇得半死也會凝神戒備，她倒好，竟還有閒情逸致來關心亡靈怕不怕太陽……

當夏思思以一臉理所當然的表情點頭時，艾維斯只能苦笑以對。隨即青年那顆聰明的腦袋便開始以驚人的速度運轉起來，道：「假設這裡眞的有亡靈出沒，爲什麼只有小妖、思思，以及奈伊你們看得見？按理說，若眞的有幽靈，策馬前進的我們應該先看到才對。何況剛剛奈伊說感受到『一陣很特別的魔力波動』，如果隱藏在我們四周的東西眞的是亡靈，那以奈伊對暗黑力量的敏銳，應該能很準確地感應出是亡靈的力量，而不是一種說不出來的很特別的魔力……」

「也就是說也許思思所看見的並不是亡靈？」埃德加警惕地環視四周，卻沒有看見任何可疑的事物。

從事情發生至今，莉蒂亞都沒有露出太驚慌的神色，聽到竟然有亡靈頂著烈日在馬車外現身，這小傢伙甚至好奇地探頭往窗外察看，可惜卻仍是沒有發現。

就在眾人皆討論著那個突然消失的白色身影之際，一道道細小的火苗倏地平空散布在馬車四周。這些淩空飄浮的火苗火勢並不大，但由於數量眾多，眾人還是清楚感覺到氣溫明顯變得悶熱起來。

「莉蒂亞殿下？」火苗出現的瞬間，眾人還以爲是隱藏的敵人忍不住出手試探了，然而下一秒他們便想起同伴中有著一名火系的魔法學徒。

莉蒂亞甜甜笑道：「光與火是亡靈的剋星，我想試一下是不是眞的有亡靈藏匿在這裡。」

也許是在施法途中說話分了心神，有部分火苗在女孩說話時出現了不穩的狀況，其中幾枚的火勢更倏地變得猛烈，把一旁的大樹燒出幾個焦印。還好火勢並不大，不然這麼一下也許便會釀成火災了。

莉蒂亞見狀，慌忙撤消了火苗，尷尬地吐了吐舌頭。要是冒冒失失地使出魔法的人是夏思思的話，只怕早就被埃德加罵了，然而騎士長並沒有出言責怪小公主的失誤，她畢竟只有五歲，而且魔法學徒的魔力本就不穩定，這小小的錯誤也是可以體諒的。對待一個孩子，眾人都願意付出較多的耐性與包容。

「來了！」奈伊的神色瞬間凝重起來，同時小妖也從馬車的窗子往外躍出，向著被燒出一個個小黑洞的大樹「嗄～」地叫了一聲，眸子中猶如黃金般燦爛的色彩一閃而過。

聽到兩名魔族的警告，埃德加等人迅速進入備戰狀態，氣氛立即緊張起來。

「思思姊姊妳不出去嗎？」莉蒂亞奇怪地詢問完全沒有任何行動意思、仍賴在車廂裡看戲的夏思思。

夏思思理所當然地回答：「傻瓜！當然是待在馬車裡比較安全！」

「……」莉蒂亞實在不知道該說什麼才好了。

在眾人嚴陣以待之際，大樹旁浮現一陣淡淡的白光，很快地，這銀白的光芒便凝聚出人形的實體，然後輪廓也開始顯現出來。當光芒全數散去，一名高挑纖瘦、神情冷傲的銀髮青年正站在大樹旁邊，並伸手按向樹幹上的傷痕。

夏思思饒有趣味地打量著這名穿得一身白的青年，對方長得非常俊美，給人的感覺與埃德加有點相似；可是仔細一看，卻會發現與聖騎士長給人的冷傲感不同，

青年散發更多的卻是一種平靜如水的淡漠。

青年有著一雙與妖精非常相似的尖長耳朵，雖然對方橫看豎看都不像妖精，但至少已透露出他非人類的身分。

現身後的銀髮青年雖然一身白衣很符合阿飄兄的形象，然而眾人怎樣看都覺得面不改色地沐浴在陽光下的他，並不是他們先前所以爲的亡靈生物。

即使如此，眾人並沒有放鬆應有的警戒，誰也不知道這名青年隱藏著身影跟在車隊旁到底有什麼目的。

埃德加質問對方：「你是誰？」

銀髮青年沒有理會緊張警戒著的眾人，只見他白皙的手泛起一股躍然勃發的生命氣息，隨即樹幹的炙痕便以肉眼可見的速度自行修復起來，當青年把手移開後，那個礙眼的黑洞已很神奇地消失無蹤。

夏思思驚奇地低呼：「是光明力量？」

埃德加素來冰冷的臉上難得露出驚訝的神情，道：「不！這是最爲純粹的自然之力。這一位果然是……精靈！」

「咦!?」聽到埃德加的猜測，夏思思再也待不住了，立即匆匆忙忙地從馬車車廂跑出去，想要近距離接觸一下這幾乎只活在傳說中的美麗種族。

這可是精靈！精靈耶！在這個世界裡是堪比火星人般稀少的存在！

看到稍早前還不知廉恥地強調躲在車裡比較安全的勇者大人一臉興奮地跑了出去，莉蒂亞撇了撇嘴，下一秒便換上了單純可愛的神情，以軟糯的童音喚道：「思思姊姊等一等我，我也想出去看看！」

夏思思聞言，想也沒多想，順手拉著莉蒂亞的小手便往車外走去。

ch.3
精靈族

看見夏思思竟然把小公主帶出馬車看熱鬧，埃德加頓時眉頭一皺，臉上閃過一絲不快。不過現在並不是教訓勇者的好時機，因此聖騎士長暫時選擇無視這兩人。

從馬車步出的二人卻吸引了銀髮青年的注意。青年一雙淡藍色的美麗眸子看了夏思思一眼後便淡然移開，卻在看到莉蒂亞時微微睜大，平靜如水的眼神閃過一絲訝異。

感受到青年的視線，莉蒂亞回以對方一個甜甜的笑容。

隨即在眾人驚訝的注視下，青年輕輕勾起了嘴角，精緻俊美的臉上漾出了淡淡的笑容。

柔和的笑容瞬間融化了青年臉上的淡漠，那是一個非常美麗的微笑，可惜卻如曇花一現般維持不到短短幾秒。

聰明的莉蒂亞感受到精靈青年對她那與眾不同的態度，小公主再次露出純淨的笑容，竟然鬆開夏思思的手往青年走去：「大哥哥你好，我叫莉蒂亞。大哥哥叫什麼名字呢？」

看見小公主竟然天真爛漫地朝著精靈跑去，埃德加等人心臟都嚇得快跳出來了。還好銀髮青年沒有任何欲攻擊莉蒂亞的舉動，任由小公主伸手拉住他的衣襬，甚至在女孩期盼的目光中緩緩道出自己的名字與身分：「克里斯，精靈族的白色使者。」

精靈是這世上最優雅、公正、美麗的種族，眼前的青年無論是那頭銀白的長髮，一身令人感到心曠神怡的自然氣息，以及一雙尖長的耳朵，都說明對方的確是精靈族無疑。

凱文夢囈般地說道：「想不到在我的有生之年竟然能夠看見眞正的精靈。」看著克里斯那完美的容貌，凱文還在心裡補上一句：要是女的話就更好了。

確認了克里斯的精靈族身分，本來一觸即發的緊張氣氛瞬間消散，埃德加等人皆不約而同地把武器收起來。只因精靈除了全都是長得美麗動人的俊男美女以外，他們還是眾所周知性情平和的種族。只要不惹到他們的底線，一般精靈族還是很好說話的。

自小受王室的菁英教育，雖然年紀最小，但在眾人之中卻是對精靈族的事情最爲了解的莉蒂亞，仰起一張小臉好奇地道：「你就是精靈族的白色使者嗎？我本以爲在伊迪蘭斯亞森林封閉以後，白色使者會與族人一起留在森林裡。」

克里斯垂首迎上小公主的視線，幾絲銀白的髮絲因青年的動作而滑過那張俊美的臉龐，整個情境如同一幅圖畫般漂亮，這讓夏思思不禁感歎精靈不愧被譽爲最美麗的種族，就是一個普通的動作在他身上卻變得如此優美動人。雖然埃德加與奈伊的容貌相較於克里斯來說完全不遜色，就連艾維斯那偏向中性的美麗臉龐也有著一股說不出的魅力，但他們都沒有克里斯這種獨特的氣質。

夏思思還敏銳地察覺到每當克里斯看著莉蒂亞的那雙美麗紫藍眸子時，目光總會變得溫柔，並閃過一絲莫名的暖意。

「白色使者的使命是作爲世上公義的見證，成爲精靈與各種族之間的橋梁。無論世間如何轉變，即使我們把伊迪蘭斯亞森林封鎖，但精靈永遠不會徹底斷絕與其他種族交流的機會。」

「所以你的出現，是爲了藉由我們向人類再次釋出精靈族的善意嗎？」埃德加詢問。

克里斯默然半晌，隨即牽起了莉蒂亞的小手，道：「我感覺到熟悉的血脈氣息，於是前來看看，這孩子是王室中人吧？」

本來一直奇怪克里斯爲何表現得對莉蒂亞另眼相看的眾人這才恍然大悟，傳說菲利克斯王室的某位王后流有精靈血脈，似乎這個說法並不只是傳言那麼簡單。

艾維斯更是立即聯想到克里斯的出現能夠爲眾人帶來的利益。

精靈族是個向心力很強、非常團結護短的種族，最重要的是，精靈與獸族的關係非常不錯。如果克里斯承認莉蒂亞流有精靈血脈，那是否可能說服克里斯陪同他們進行這趟獸族之旅？

「克里斯哥哥，我也是精靈嗎？可我不是人類嗎？」莉蒂亞歪了歪頭，奇怪地詢問。

克里斯道：「有這個可能性，但這要視乎妳在成年時能否喚醒沉睡的精靈血脈。在此以前，妳依舊是名人類。」

莉蒂亞失望地垂下眼簾，道：「原來如此……聽說精靈族與獸族是好朋友，我還在想要是我是精靈的話，那我們到石之崖時也許可以交一些獸族朋友呢！」

漂亮！

正苦思著該怎樣向克里斯做出邀請的艾維斯，差點兒便忍不住要爲小公主這番話歡呼一聲了！這眞是渴睡的時候有人送枕頭，小公主這番話來得太及時了！最重要的是，這番邀請由莉蒂亞發出，絕對比經由艾維斯他們說出來好一百倍！

「你們要前往石之崖？」聽到莉蒂亞的話，克里斯皺起眉一臉的不贊同。

凱文見狀，便上前向克里斯解釋他們此行的目的與重要性。

了解到事情的嚴重性，克里斯略微猶豫，便頷首答允下來，道：「既然如此，請讓我同行。」其乾脆的態度，讓夏思思對他的印象加了不少分數。

□

經過數天的路程，眾人終於從人跡罕至的森林再次踏進人類的城鎮。團隊中多了一名精靈並沒有爲夏思思他們帶來任何麻煩，身爲遊走於不同種族間的使者，克里斯早已習慣如何在人群中隱藏自己的身分，每進入城鎮時不用別人提醒，青年已先一步用斗篷把自己包裹得密實。寬大的斗篷不只遮掩了精靈的長耳朵，在斗篷的陰影遮蓋下，眾人也只能看到克里斯秀氣的下巴而已，完全杜絕了任何因自身的種族而被人找麻煩的可能性。

幾天的相處下來，夏思思發現這位精靈眞是個不錯的旅伴，自從有了他加入後，每天都能吃上新鮮甜美的水果，而且有很多還是不爲人知的品種，也不知道精靈是在哪摘下來的。克里斯唯一的缺點就是話不多，不過相較於同伴們叨叨嚷嚷地向她告誡這、告誡那，少女還是覺得話少也有話少的好處。

另外精靈的食量很少，幾顆水果便已能飽餐一頓。這令夏思思不由得產生了「精靈族還眞好養」這種很失禮的想法。

夏思思他們到達的這座城鎮由於鄰近王城的關係，鮮少有魔族出沒，再加上來往王城的人都喜歡以這裡作中途站稍作休息，因此城鎮裡充滿大量旅店，龐大的顧客流量足以讓這些店主獲得豐厚的收入。

而且城鎮的治安不錯，埃德加並沒有把夏思思盯得太緊，租下房間後三名聖騎士便外出補充物資與打探情報，把夏思思等人留在旅館裡。

沒有埃德加在，夏思思等人沒有人管著結果便出事了。這次是艾維斯被幾名男子誤認爲是女生並不怕死地意圖調戲，青年把這些倒楣鬼打倒後，竟然還囂張地與一群在旁看戲的傭兵拚起酒來。

雖然艾維斯一點兒也不像是會喝酒的人，可是這場比拚的結果卻證實了人不可貌相這句話果眞是至理明言。青年竟然單憑一人便放倒了人家整整一個傭兵團，在最後一名傭兵倒下以後，艾維斯這才搖搖晃晃地昏睡下來。

至於被殃及池魚的奈伊表現就差得多了。魔族對劇毒有很好的抗毒性沒錯，可惜酒精卻不在毒藥之列，奈伊的體質意外地易醉，簡直到了一杯便倒的境界。

雖然酒吧因爲這群傢伙的拚酒大會而變得一片狼藉，但夏思思相信老闆只要一想起這個下午的營業額，大概晚上睡覺的時候也會笑出來吧？

在眾人開始拚酒時，克里斯便已皺起眉帶著小公主離開這個充滿豪邁與粗鄙、絕不適合淑女在場的場所。夏思思則氣定神閒地坐在一旁把這場戲從頭看到尾，到最後成了唯一一名清醒著自行離開的客人。

爲免爛醉如泥的艾維斯被那些喝得分不清楚東南西北的傭兵誤以爲是女性而被佔便宜，夏思思在離開前不忘給店員小費特意交代他們把奈伊與艾維斯送回房裡。

至於地上的那些傭兵卻不在她理會的範疇了，酒吧的存酒似乎都被這些人喝光，乾脆晚上暫停營業的店主看起來一點也沒有清理現場的意思。

少女無法想像當埃德加他們回來看到這一地的慘狀時會有什麼表情，但可以預期的是，絕對不會有好臉色。因此在騎士們回來以前，夏思思很聰明地選擇躲進房間裡。

正要返回房間的勇者大人，在走廊上與從莉蒂亞房間出來的克里斯不期而遇。

依照夏思思一貫的作風，這次他們還是很豪爽地一人租住了一間房。本來艾莉看莉蒂亞年紀小曾提議與小公主同住，不過卻被莉蒂亞禮貌地婉拒了。隨即眾人便想到小公主早已習慣了離家獨居的生活，因此並沒有把莉蒂亞視作尋常的五歲小鬼看待，既然對方拒絕，艾莉也沒有勉強，畢竟從這幾天的旅程看來，莉蒂亞還是把自己照顧得好好的。

可是現在克里斯從莉蒂亞的房間走出來到底是怎麼一回事啊!?夏思思忽然有種窺探了王室祕聞的刺激感。

克里斯奇怪地看了看不知道在激動什麼的勇者一眼，隨即輕巧地把房門關上道：「她剛剛睡著了，妳晚點再過來吧！」似乎精靈誤以爲夏思思停在這裡是想去找莉蒂亞聊天？

……好吧！看克里斯這副光明正大的表現並不像有任何祕密的樣子，夏思思聳了聳肩，道：「既然現在只剩下我們兩人，不如談談？」

克里斯點了點頭。

由於他們接下來的對話並不希望被其他人聽到，於是夏思思便邀請克里斯進入她的房間詳談。

夏思思等人所租住的是旅館最好的房間，雖然仍不到奢華的程度，可是內附廁所、廚房的房間儼如一個獨立的小套房，與那些只有一張睡床的房間已經有著天壤之別了。

因此雖說他們孤男寡女獨處一室，但其實狀況卻沒有別人想像中的尷尬，至少這個房間不會狹小得需要克里斯往睡床上坐。

看著安安靜靜喝著熱茶的克里斯，夏思思發現自己不先說話的話，也許以對方淡漠的性格，眞的會一直就這樣什麼也不說地待下去。

少女想了想，劈頭便問：「克里斯，精靈擁有著漫長的壽命，所以說你們與獸王一樣都知道眞神的眞相吧？」

克里斯的雙眼微微睜大，很驚訝少女一開口便如此直接地射了一個直球過來。

「是的，獸王、精靈、龍族……我們這些壽命遠比人類漫長的種族，見證著卡斯帕的崛起。不過對於眞神會把眞相告知勇者這點，我還是頗爲意外。」

「對喔！龍族也是擁有漫長壽命的種族。也就是說龍王諾頓也是知道眞神眞相的其中一人吧？」

克里斯再次因夏思思的話而感到意外。龍族是非常高傲的種族，尤其這些年龍與人類的關係非常惡劣，克里斯想不到這代勇者竟然能夠與龍族套起交情來。聽少女的語氣，她與龍王似乎交情匪淺，這讓青年深深地看了夏思思一眼，道：「諾頓還太年輕了，不過他的兄長……上一任龍王卻親眼見證了當年的事情。」

夏思思好奇地詢問：「說起來，上一任龍王到哪裡去了？」少女的好奇不是沒有理由的。諾頓的樣子怎樣看都很年輕，再聯想到龍族不遜於精靈的漫長壽命，正常來說，諾頓的父母仍在世的可能性非常高，更不要說他的兄長了。既然如此，爲什麼諾頓的記憶與能力被封印、莎莉公主被擄走後，上一任龍王沒有出面？

克里斯沉默片刻，似乎在思考著該不該回答夏思思的疑問。良久，青年卻問了一個完全無關的問題：「我們相信這個世界是圓形的，而我們正生活在這個球體裡面，這點妳應該知道對吧？」

少女點了點頭。

這裡的人都相信世界是一個由各種法則與元素所組合而成的巨大球體，而他們正生活在這個球體之內。日夜的更替與季節的轉換是因法則力量的交替而轉變，球體的外面卻是無盡的漆黑與混沌。

再簡單一點的形容，便是世界像一枚雞蛋，日與夜、天空與星辰便是蛋殼裡面的蛋白，而人們生活著的大陸則是被蛋白包裹保護著的蛋黃。

這個論點獲得所有人支持的最大原因，在於人們只要一直往前走，確實能夠到達一個被人們稱爲「盡頭之地」的地方。聽說那裡正是世界的邊緣，外界充斥著強大的法則之力，那片無盡的混沌會將所有越過邊界的東西吞噬。也有人說在這片混沌之外還存在著其他界域，可惜至今仍沒有人能夠證實這個理論是否正確。

夏思思覺得這裡的世界觀與地球雖然很不同，可是聽起來卻又有不少相似的地方。至少這個混沌外存有別的界域的理論，實在像極外太空有著智慧生物體星球的說法。

在夏思思比較兩個不同世界的世界觀時，克里斯淡淡說道：「上一任龍王以及他的父母，正在探索這個世界以外的其他界域。」

「咦！可是、可是……不是說無法越過邊界的嗎？」

「那只是因爲支持這論點的人能力不夠而已。每個世界都擁有專屬於它的世界法則，外界的混沌之力則是混合了不同世界的法則力量所致，要是力量不夠的人闖進去，只有被吞噬的命運而已。一些強者甚至還能短暫地破碎虛空，形成連接不同世界的通道，不然妳以爲卡斯帕是怎樣帶妳進來的？」

夏思思本來只是想八卦一下上一任龍王的事情，想不到克里斯的答案會這麼讓人驚悚……

原來克里斯你們全都是外星人!?

少女只覺得心裡彷彿有一萬匹草泥馬在狂奔……

夏思思風中凌亂的樣子引得克里斯勾起了嘴角露出一個淡淡的笑容。這個人很少笑，可是他的笑容卻像春風一樣非常柔和溫暖。看到克里斯因自己而露出短暫笑容時，夏思思不禁有種奇特的成就感，雖然精靈露出笑容的原因是因爲剛剛在看少女的笑話……

收起笑容的克里斯，俊美的臉上恢復慣常的淡漠，精靈無視夏思思惋惜的表情，略帶嚴肅地詢問：「思思小姐，妳認爲眞神卡斯帕值得信任嗎？」

夏思思愣了愣，反問：「我是由眞神挑選的勇者喔！你經由我來了解卡斯帕，就不怕我的意見太主觀了嗎？」

克里斯解釋：「我認爲勇者的意見很有參考價值，何況妳是至今唯一一個知悉神明眞相的人類，所以妳的意見就更加彌足珍貴了。身爲白色使者，無論屬於哪方的意見都應該盡心傾聽，絕不應只接受單方面的片面之詞。」

夏思思歪了歪頭，說道：「順道一問，你們精靈族的部分我不知道，不過我想……獸族對卡斯帕的印象必定好不到哪裡吧？」

克里斯毫不猶豫地點了點頭。

「這樣子害我很大壓力耶……」夏思思苦笑起來，雖然明白自己的意見將會影響著精靈族對卡斯帕的印象，可是少女卻沒有大力盛讚對方的打算。克里斯並不是傻瓜，與其說出一些一聽便知道不可信的話以致克里斯把她的意見排除在外，那倒不如眞實地把她對卡斯帕的觀感全盤托出。

雖然眞神並不如人們想像中那麼完美，有著這樣那樣的缺點，可是夏思思卻不討厭這樣的卡斯帕，也願意與他成爲朋友。所以少女認爲克里斯聽過她的想法後，應該會對卡斯帕多少有點了解了吧？

於是夏思思便詳盡地向克里斯訴說著她對卡斯帕的看法。在夏思思眼中，眞神雖然沒有如外界所傳言般的大慈大悲，也不是人們想像中那種最完美的存在，可是少女覺得對方是眞心想讓人民獲得幸福的。祂的所作所爲雖然不能說是完全正確，但初衷全都是爲了人民設想。可以說在對待人民的態度上，卡斯帕絕對沒有辜負眞神之名，而祂也的確放棄了人類的身分，在這些年來盡心盡力地守護著人類！

聽過夏思思的想法後，克里斯沉思了片刻，道：「我有幾個朋友住在離這裡不遠的英雄鎭，我可以替你們引見。如果獲得認同的話，相信會爲你們接下來的獸族之行帶來幫助。」

雖然克里斯沒有對卡斯帕的事情定下結論，但夏思思明白經過她剛剛的解說後，至少眞神大人已獲得了白色使者的初步認同。畢竟在一開始莉蒂亞邀約克里斯同行時，青年並沒有任何幫助他們的表示。

「謝謝！請務必介紹他們給我認識。」雖然不清楚對方要介紹的人是誰，但夏思思當然不會拒絕克里斯的好意。

克里斯頷首接受少女的感謝，隨即像是想起了什麼般，忽然說道：「你們選擇莉蒂亞公主隨行，而不是那位安朵娜特公主，不得不說這的確是很正確的決定。」

夏思思理所當然地答道：「以安朵娜特殿下的性格，到石之崖也只能增加仇恨值而已，我們又不是要引起種族大戰，當然不會選她這個惹禍精了。」

「不，我不是指這方面。」克里斯淡淡說道。

「嗯？」

可惜克里斯並沒有爲少女解惑的意思，向夏思思頷首示意後，便逕自打開房門離去。

然而，青年才剛把門打開，卻差點與站在門前的三名聖騎士迎面相撞。只見站在最前頭的凱文右手仍舉起維持著想要敲門的動作，夏思思見狀挑了挑眉：「凱文，你們要找我？」

想不到克里斯竟然會從夏思思的房間內出去，撞破勇者好事的凱文感到有點尷尬。克里斯倒是神態自若地向三位聖騎士點了點頭，悠然地拉上斗篷返回自己的房間。

夏思思看了看表情各異的三位聖騎士——凱文是笑得一臉欠揍的曖昧，埃德加臭起一張冰山臉，艾莉則是毫不掩飾臉上的八卦——不禁慨嘆報應來得眞快，不久前她才猜測克里斯與小公主有不可告人的關係，現在卻被同伴們撞破了「勇者與精靈不能說的祕密」。

知道聖騎士的反應都是戲弄她的心情居多（非常重視禮儀的埃德加倒應該是眞的不爽吧？），並不是眞的認爲她與克里斯躲在房間裡做什麼奇怪的事情。何況緋聞這種東西一向都是越描越黑，因此夏思思很乾脆地把克里斯的事情跳過去，道：

「你們找我有什麼事情嗎？」

埃德加皺起了眉，卻沒有執著於克里斯一事，因爲騎士長有更嚴重的事情要興師問罪：「樓下發生了什麼事？」

夏思思聞言，想起應該是眾人回來後被樓下「屍橫遍野」的狀況嚇到了吧，於是立即很沒義氣地將中午發生的事情鉅細靡遺地報告一番，就連艾維斯被人誤以爲是美人來調戲一事，也詳盡地描述得繪影繪聲。

聽到事情的起因竟是因爲艾維斯被調戲而引起，三人都露出了古怪的神情。本來打算好好教訓一下罪魁禍首的埃德加也悄悄打消了念頭。畢竟將心比心，如果他被男人調戲的話……埃德加難以想像自己會有什麼反應……

看著眾人一臉同情的樣子暗暗好笑，夏思思隨即把克里斯的建議告訴了眾人，立即獲得同伴們的贊同，畢竟精靈與獸族的交情一向不錯，克里斯認爲能夠對他們的行動有幫助的人，絕對有著去結交的價值！

ch.4
英雄鎮

在精靈族的白色使者克里斯的帶領下，勇者一行人來到了英雄鎮。

傳說這座小鎮正是眞神率領人類，首次與魔族進行大規模戰爭的地方。本來這座小鎮由於盛產一種特別堅硬的紅色石頭，而被外人稱作紅石鎮，可惜當年幾乎被那場戰爭夷平，最後是教廷幫助居民重建家園，經過多年的努力，小鎮才再次煥發活力。教廷爲當年戰死的勇士設立了英雄碑，那場戰役所有犧牲者的名字都被刻在這座擎天巨碑上，骨灰則埋於英雄碑下。從此，這座小鎮的名字也從「紅石鎮」變成了「英雄鎮」。

進入英雄鎮後，夏思思對於那面作爲整個小鎮代表物的英雄碑表達出強烈的興趣；雖然埃德加想要把探訪克里斯的朋友放在第一位，不過看夏思思這段時間那麼乖巧地配合著他們趕路，因此考慮片刻後，騎士長還是決定滿足少女這個小小的要求，反正這也花不了多少時間。

這個只有百多戶人家的城鎮不大，很快地，眾人便來到了小鎮的正中位置——也就是放置英雄碑的地方。

英雄碑以小鎮盛產的紅石所製，表面刻滿名字的石碑並沒有任何多餘的裝飾，給人一種簡潔而莊重的印象。

長方形的石碑高聳入雲，少女總覺得這塊石碑這麼多年來屹立不倒絕對違背建築力學的原理；事實上，石碑若沒有附加上魔法承托的話，以這種超乎尋常的高度也許早就倒塌下來了。

石碑前擺放了一些居民獻上的鮮花，兩旁各放有兩塊圓滾滾的紅色巨石，這是英雄鎮中開採出來最巨大、也最完整的紅鐵石，石頭上刻畫了不少代表祭祀、祝福的圖騰，英雄們的骨灰正是埋葬於這兩塊巨石之下。

夏思思在看到這座英雄碑時瞬間囧了。

看到少女用著不可思議的眼神瞪著石碑，一副震撼得說不出話來的神情，艾維斯伸手平放在眉角遮擋住正午的陽光，笑道：「這面石碑還真壯觀，也難怪思思妳那麼驚訝。」

奈伊則是仔細觀察著眼前的石碑，道：「英雄碑上的魔法應該是由教廷的祭司所施下，我從中感受到一股光明的氣息。」

聽到奈伊的話，不喜歡光明氣息的小妖一臉「果然如此」的神情，向石碑發出厭惡的叫聲後，便把頭窩進夏思思懷裡，看也不再看石碑一眼。

三名聖騎士在石碑前獻上鮮花後，鄭重地向英靈行了一個騎士禮。看到同伴們面對石碑時如此「正常」的反應，夏思思不禁反省，難道只有她的心態特別齷齪嗎？

只因第一眼看到這塊石碑時，夏思思只想慨嘆一聲：這不是新阿姆斯特朗旋風噴射阿姆斯特朗砲嗎？完成度眞高啊！

這塊放置在兩枚圓形巨石之間的長長石碑，夏思思實在怎樣看便怎樣像男性的某個器官！

生出這個念頭後她想抹也抹不掉，結果這面本應莊嚴無比的英雄碑，在夏思思眼中便變得詭異起來。

「怎樣，思思，這面英雄碑很壯觀吧？」艾莉笑嘻嘻地來到少女身旁。夏思思看著仰望石碑的女騎士一臉尊崇之色，不由得暗想，若被眾人知道她對石碑的觀感，不知道會不會被圍毆？

夏思思愈看便愈覺英雄碑礙眼，於是很快便纏著眾人離開，眼不見爲淨。

埃德加等人自然不知道夏思思對石碑的齷齪想法，聽到少女主動要走，本就滿腦子想著盡快完成任務的騎士長自然不會拒絕。於是一行人在克里斯的帶領下，很快便來到一間位處小鎮邊緣的小木屋前。

埃德加正要敲門，屋內卻傳來「叭噠叭噠」的奔跑聲。隨即大門被人「砰」地一聲打開，還好埃德加預先覺得不對勁而退後了半步，不然絕對會被木門正面擊中！

在木門打開的瞬間，一道身影迅速從屋內撲出，對方完全無視站在門外的埃德加等人，準確地撲在克里斯身上，道：「克里斯！好久不見啦！」

此時眾人才看清楚那道掛在克里斯身上人影的容貌。那是個有著一頭棕咖啡色短髮的少女，少女一雙大大的深棕眼瞳充滿著忠誠與熱情，這讓夏思思在剛看到她的瞬間想起奈伊凝望自己時的眼神，頓時對這名陌生的少女充滿了好感。

少女一臉高興地掛在克里斯身上的模樣，像極了一頭正在猛搖尾巴歡迎客人的小狗。

「安妮，好久不見了。」也許受到少女的熱情影響，克里斯一改往常冷淡的反應伸手拍了拍少女的頭，隨即更露出那稍縱即逝的美麗笑容。

「克里斯，你的笑容眞漂亮！」安妮毫不掩飾她對這笑顏的喜愛。少女此舉雖然失卻了淑女應有的矜持甚至還有點失禮，可是配上她眞誠的神情卻不會讓人感到討厭，反而有點欣賞她那有話直說的眞性情。

放開了克里斯，安妮一臉好奇地打量著勇者一行人，深棕色的雙瞳在看見莉蒂亞時亮了起來，道：「小妹妹妳好喔！你們是克里斯的朋友嗎？」

相較於安妮大剌剌的態度，莉蒂亞則是斯斯文文地向少女自我介紹起來，這讓眾人產生一種兩人的年紀對調了的錯覺……

見安妮抓住莉蒂亞逕自說得興高采烈，克里斯淡漠的臉上露出些許無奈，道：「安妮很喜歡小孩子。」

眾人點了點頭，沒有人會把克里斯所說的話錯誤理解爲少女很喜歡孩子所以將來準備多生幾個的意思，大家都明白青年是想說安妮很喜歡與小孩子一起玩……因爲少女已經邀請公主殿下下午一起到公園玩了……

這兩人年紀相差那麼大，眞的能玩在一起嗎？

「思思，這個女孩有點奇怪。」此時奈伊走至夏思思身旁小聲說道。

本來站在一旁懶洋洋打著呵欠的少女，一雙充滿睡意的眼瞬間凌厲起來：「你感受到敵意嗎？」

「不，只是她的身上傳出了與平常人不同的波動，那既不像人類，又不像是精靈……不過，可以肯定這女孩是別的種族。」

「喔！」聽到沒有立即危險，夏思思再度變得懶洋洋起來。

「安妮，卡路亞他們不在嗎？」

聽到克里斯的詢問，安妮歪了歪頭，道：「卡路亞他們不在呢！克里斯你要找他們嗎？要不要進屋裡等？」

雖說安妮與克里斯是舊識，可是面對一群突如其來的陌生人，就算身分是冒充人類的其他類族，安妮邀請眾人進屋的舉動還是顯得輕率了。也不知道到底是因爲少女對克里斯很信任，還是因爲安妮根本就沒有什麼危機意識。

看了笑得毫無心機的安妮一眼，夏思思比較偏向後者。

既然身爲屋主的安妮都不介意，那眾人當然欣然答應少女的邀請。小小的木屋在多出了勇者一行人後顯得有點擠擁，而且屋裡也沒有足夠的椅子。最後還是安妮拉著凱文向鄰居借了幾張木凳子，才解決了這個困境。

聽到安妮家難得來了客人，她的鄰居還把一些紅茶茶葉與小點心往少女懷裡塞，笑著說要給少女用來好好地招待客人。這情景除了顯示出這座小鎮的民風純樸外，也讓眾人見識到安妮這個自來熟的女孩子在小鎮中的好人緣。

安頓好眾人不久，安妮的同伴便回來了。

率先步入屋內的是一名與安妮年紀相若的少年，在看到滿屋子的人時，一雙琥珀色的眸子驚訝地瞪大，並有點警戒地往後退了數步。

少年有著一頭看起來很柔軟的棕紅色短髮，最吸引人的是他一雙水靈靈的鳳眼。正因爲這雙美麗得讓人屛息的眼睛，而令少年本來只稱得上是清秀的面容變得充滿誘惑力。

這雙異常狐媚的眼瞳給人一種妖嬈的感覺，然而仔細一看，便會發現對方的眼神散發著正氣，與他給人的第一印象形成很強烈的對比。

「卡路亞，怎麼了嗎？」在少年退後的同時，他的身後傳來了沙啞的詢問。

夏思思頓時覺得這個沙啞的嗓音很熟悉，卻一時間想不起來。很快地，安妮的歡呼聲打斷了夏思思的沉思：「卡路亞！歡迎回來！」

看著蹦蹦跳跳地往少年身上撲過去的安妮，夏思思不禁感嘆這名少女的體力眞好，自從與她見面的那時起，便老是看到她跑來跑去，有時候還會被她的大動作嚇得一驚一乍的，從沒見她消停過片刻。

名爲卡路亞的少年先是向安妮微微一笑，說了聲「我回來了」，隨即一雙狐媚的鳳眼便移向屋內的眾人道：「安妮，他們是……咦！克里斯？」

此時夏思思也終於想起那個沙啞嗓音的主人了：「伊達!?」

聽到勇者大人的驚呼聲，卡路亞身後的人越過了少年衝進屋內，正是在王城與夏思思分離不久的伊達，伊達的身後還尾隨著傭兵團的首領康斯！

「是妳!?」

「思思小姐!?」

兩名年輕傭兵不約而同地指住夏思思驚呼。

眾人面面相覷。

這到底是什麼展開？

□

在充滿震驚的重逢後，夏思思等人硬是壓下內心的驚訝，不認識的人先互相介紹一番。在自我介紹時，雙方皆很有默契地只是交代了自己的名字，其他的資料一律三緘其口。

「原來安妮是康斯你的妹妹啊……」夏思思好奇地打量著眼前的兄妹二人，的確，他們的長相有著不少相似之處，然而一人溫文爾雅，一人卻大剌剌的熱情無比，性格上的巨大差異令人忽略了兩人相似的容貌。

回想起一起旅行時的經歷，夏思思不由自主泛起溫暖的笑容。也許正因爲有一個粗枝大葉的妹妹，因此康斯才會如此懂得照顧別人吧？

「雷倫特與奧克德呢？」看見康斯與伊達以後，夏思思便開始想念起這兩人了，除了留在神殿正在向卡斯帕學習神術的芙麗曼外，其他人應該在一起才對。

康斯微笑道：「我們都是自由傭兵，他們與別人組隊去接任務了。」

所謂的自由傭兵，是那些沒有加入任何傭兵團的人；平常自由傭兵都是單獨接任務的，若任務有限定人數，又或者獨自無法完成時，也會與其他自由傭兵一起組臨時隊伍。雖然自由傭兵沒有傭兵團作靠山，可是相對來說自由度會大得多，而且所獲取的利益也比較高。並且很多時候自由傭兵都需要單獨完成任務，因此他們的身手大多很不錯。

進行任務時，傭兵們常常會獲得一些額外的收入，例如順道獵殺的魔獸獸核之類，因爲自由傭兵沒有團規的約束，常在瓜分利益時發生一些不愉快的爭執，有時候還會引起流血衝突；因此一旦遇上不錯的同伴，下一次需要組隊時，他們也會優先選擇熟悉的人，除了了解對方的心性外，作戰時也容易配合。例如康斯與雷倫特他們就是這種關係，雙方已合作過很多次了，他們都把康斯視作團隊的首領，以青年馬首是瞻。可以說他們這些人一起組隊時，與一支眞正的傭兵團完全沒有任何區別，也難怪夏思思會誤會了。

聽過康斯的解釋，夏思思才恍然大悟，難怪康斯的傭兵團沒有名字，原來他們只是臨時組成的隊伍。

「那思思……呃，勇者大人您光臨寒舍是有什麼事情嗎？」康斯疑惑地詢問。

「你還是像以前那樣喚我作思思吧！『勇者大人』這個稱呼聽得我起雞皮疙瘩。」夏思思鄭重要求。

康斯愣了愣，隨即一雙眸子泛起溫暖的笑意，道：「好的，思思小姐。」

「其實我覺得『小姐』這兩字你也可以省掉……」小聲地嘀咕了聲，夏思思便隨即解釋道：「其實我也不清楚，是克里斯說要把我們介紹給你認識的。」

雖然夏思思早已猜到康斯等人與他們到石之崖取回碎片的任務有關，而且少女也相信康斯與伊達兩人的人品。可是事關重大，在克里斯清楚解釋兩者的關聯之前，少女並沒有選擇把話挑明。

面對眾人投來的視線，克里斯神色不變地淡淡說道：「我很意外原來你們早就認識了。」

看了看康斯兩人，夏思思解釋道：「我曾經聘請兩位護送我回王城，不過我想康斯他們的身分應該並不止是自由傭兵而已吧?」

康斯的臉上閃過一絲猶豫，隨即便見青年下定決心般說道:「是的，我們都是獸族人。」

卡路亞細長的鳳眼危險地瞇起，只見他不悅地低呼:「康斯!」

雖然夏思思對這些人的身分早已有了預感，但少女還是感到很驚訝，道:「真的嗎!?那康斯你來自什麼族群?」

康斯先是向卡路亞歉意一笑，安撫說道:「抱歉，未經大家同意便把身分說出來，不過思思小姐是值得信任的人。而且她既是克里斯大人的朋友，也是人類的勇者，即使我們不說，她也總會知道我們的身分的。」

卡路亞看了看康斯，再看了看夏思思，隨即認命般嘆了口氣，道:「算了，我現在生氣也沒用，這次就原諒你吧!不過下不為例。」

至於安妮則一臉無所謂地坐在康斯身邊沒有發話，似乎對於兄長暴露他們身分一事全不在乎。

獲得同伴的諒解後，康斯這才回答夏思思的問題:「我與安妮是犬族，伊達來自狼族，卡路亞則是狐族人。」

「全都是犬科動物嘛……」夏思思喃喃自語了一聲後，隨即興致勃勃地要求道：「你們的外貌看起來與人類沒有大區別呢！不過我聽說獸族能夠顯露半獸與全獸的外貌，可以變成半人半獸給我看看嗎？」少女一直念念不忘她那半獸的想像，並且非常期待康斯變成狗頭人身的模樣。

「我我我！我變給妳看！」安妮很高興地毛遂自薦，隨即便見她頭上一對三角形的狗耳朵不知何時已取代了人類的雙耳。少女站起來把手伸進後腰輕輕一拉，一條毛茸茸的棕色尾巴便歡快地在她背後搖來搖去。

夏思思失望地嘆息道：「原來半獸型態是這個意思嗎？我還以爲是狗頭人身的說……」

聽到夏思思的話之後，康斯等三名獸族全都囧了，倒是安妮興高采烈地笑道：「哈哈哈！狗頭人身嗎？聽起來好有意思呢！」

看到安妮一副樂在其中的樣子，於是夏思思得寸進尺地要求道：「那你們全獸的型態是怎樣的？」

安妮笑嘻嘻地轉了一圈，只見少女迅速縮小成一頭棕色的小型犬，整個過程前後不到三秒。

此刻在夏思思面前的是一頭外型非常酷似柴犬的小型犬隻，這頭小狗正處於幼犬轉變成成犬的年紀；雖然已經擁有成犬的體型，可是毛髮仍保留了一點幼犬特有的毛茸茸感覺，配以那雙閃動著忠誠與熱情的眼睛，以及猛搖的尾巴，實在是可愛得很。

夏思思驚訝地眨了眨眼，道：「咦！安妮妳的衣服呢？」

安妮清脆的嗓音從柴犬身上傳來，道：「獸體的毛皮就是化形時的衣服啊！」

視線好奇地在小狗身上掃來掃去，夏思思繼續疑惑著，那他們洗澡的時候難道是連著衣服一起洗的嗎!?

獸族眞是神祕的種族啊……

康斯拍了拍安妮的頭，便見少女搖身一變變回了人類型態，跑回莉蒂亞身邊與小公主說著悄悄話。

夏思思若有所思地看了看言談甚歡的兩人，心想小狗果然還是最喜歡與小孩子一起玩。

隨即，勇者便把詢問的視線投向一旁的騎士長，在看到埃德加微微點頭示意後，夏思思便向四名獸族坦白道：「康斯你們還記得從蒼狼那兒所得來的地圖嗎？我們發現地圖上的五個標記正是聖物碎片所在的位置……」

當少女把他們前往石之崖的目的向康斯等人清楚交代一番後，便總結道：「克里斯得知我們的目的後，便說要介紹幾名朋友給我們認識，更告知結識你們會對石之崖一行有所幫助，只是我想不到克里斯想要介紹的人原來是康斯你們。我想你在獸族裡的身分應該不低吧？」

夏思思不禁想起最初與康斯相識時，對方舉手投足間所透露出來的上位者氣息，曾令少女猜測過青年會不會是外出遊歷的貴族。現在得悉對方的獸族身分後，少女馬上便察覺到伊達等人皆以康斯爲中心，顯然對方在獸族中的地位並不低。

正與莉蒂亞說話的安妮霍地抬頭，與有榮焉地挺了挺胸道：「大哥可是犬族的族長喔！另外，伊達與卡路亞則是狼族與狐族族長的兒子。」

夏思思驚異地盯著康斯直眨眼。雖然少女對獸族只有初步的認知，獸族族長的地位到底有多高夏思思並沒有太大的概念，可是聽起來就是很厲害的樣子！

康斯謙虛一笑。在旁的卡路亞則是若有所思地看了勇者一行人好半晌，一雙美得驚人的鳳目閃爍著狡黠的光芒，道：「獸族中族群眾多，康斯的地位並沒有思思小姐妳想像中那麼厲害。不過在獸王面前他還是有著一定的發言權的。說起來……思思小姐妳不好奇我們為什麼會離開石之崖，選擇混集在人類之中，又為何利用傭兵的身分頻頻接下任務到處跑嗎？」

狐狸現在的表情，簡直就像個拋下魚餌等待魚兒上鉤的垂釣者！

可惜夏思思從來都不是條容易上鉤的魚兒，如果她是條魚，也必定是最滑不溜丟的那一條！

少女一秒答道：「總覺得聽過以後隨之而來的必定是麻煩不斷，所以我一點兒也不想聽！」

ch.5
又是故人？

夏思思並不是沒有好奇心，只是少女清楚知道，很多時候，多管閒事的結果就是麻煩不斷，因此對於卡路亞的提問，她一點兒也沒有問下去的意思。

可惜隊伍中還有幾名聖騎士在。以守護人類、對抗邪魔爲己任的聖騎士雖然與獸族沒什麼嫌隙，可是在知悉有異族扮成人類暗地裡進行活動後，不弄清楚是什麼事情，他們絕不罷休。

更何況這兒還有一名貨眞價實的公主殿下在，身爲王族，莉蒂亞絕不允許獸族在自家領土上有著意圖不明的動作！

因此在夏思思幽怨的目光下，埃德加與小公主幾乎是異口同聲地向卡路亞追問了。

狐族少年笑得愈發像頭狐狸，妖異的鳳眼眼波流轉，煞是好看，他道：「大約在一年前，石之崖的某處忽然爆發出一道刺目的光芒，雖然這道光柱稍縱即逝，可是光柱的出現卻刺激了大量棲息在石之崖附近的魔族，前仆後繼地向我們進行攻擊，當中甚至還有一個已能化爲人形的高階魔族。」

說到這裡，卡路亞的眸子閃過一絲驚懼與痛恨，「我不得不承認高階魔族的實力眞的很強，雖然獸王陛下最終將其擊殺，可是那一役我們獸族還是元氣大傷。最可恨的就是魔族的攻擊全都附帶著毒性，傷者皆因魔毒的侵蝕而苦不堪言，被那名高階魔族直接擊傷的同伴更離奇地被石化。即使是陛下的生命之火也只能保全著他們的性命，卻無法讓石化的同伴恢復。」

夏思思道：「我們有龍血，它可以驅除魔毒喔！」

說罷，少女便從空間戒指裡取出一小瓶受到魔法保護、仍然保持著新鮮的龍血。在龍之谷獲得這些龍血後，本來一直交由埃德加保管，直至眾人到了妖魔之地、從瑪麗亞那裡得到了空間戒指後，埃德加這才把龍血分成小份，給不怕魔毒的奈伊以外的所有同伴以備不時之需。

卡路亞狹長的鳳眼因震驚而睜得大大的，也不知道少年是驚訝於夏思思手上的戒指竟是珍稀的空間戒指，還是震驚於少女隨身帶著一瓶龍血！

康斯婉拒了夏思思的好意，道：「我們與龍族的關係還算不錯，龍血的話我們已詢問龍族取得了。可是龍血只能袪除魔毒，要解除石化仍需要純陽之物，只有光與熱的結晶才能驅除族人的石化效果。」

夏思思直眨眼，道：「純陽之物？童子尿之類？」

「噗哧！」艾莉忍不住笑了出來。雖然她不知道「童子」是什麼，但至少這是某東西的尿這一點她還是聽得出來。

女騎士毫不忌諱地表揚道：「拿尿來解除魔毒絕對是最大的創意啊！不過『童子』到底是什麼？」

夏思思想了想，便換過一個他們聽得懂的詞語，道：「處男！」

艾莉愣了愣，隨即摀住肚子大笑起來。艾維斯等人雖然沒有如艾莉那樣笑得肆無忌憚，但一臉憋住笑的神情怎樣看怎樣詭異。

至於獸族的神情卻不太好看了，夏思思的話給他們一種少女在故意嘲諷獸族的感覺。

埃德加冷哼了聲，爆笑著的艾莉頓時感到冷颼颼的寒意，立即止住了笑聲訕訕地退了開來。

艾維斯上前打圓場，道：「思思她來自文化與我們完全不同的世界，我想剛才她所說的是他們那邊特有的習俗，並不是故意嘲諷你們的。」

聽到艾維斯的解釋後，獸族的神情緩和下來，卡路亞隨即解釋道：「純陽之物所指的是『晨曦結晶』，只有它能夠集合最爲純粹的光之力。這正是我們僞裝成人類的原因，因爲至今只有人類還持有這珍稀的結晶。除了傭兵，我們也有同伴以其他身分打探消息。可惜晨曦結晶太稀有了，至今我們仍找不到任何相關情報。」

「晨曦結晶？」

「這是一種很特殊的金屬。它看起來只是特別亮麗的黃金，卻充斥著最爲濃烈純粹的光元素，由它所鍛造出來的藝術品全都是萬中無一的珍品。傳說這是由東方盡頭第一道晨曦的光芒所形成的結晶，可是傳說的眞實度已經無法考究了。」

說到這裡，狐族少年總算不再繞圈子，說出了他的目的：「要是你們能夠幫助我們取得『晨曦結晶』，那麼我們保證說服陛下讓你們進入石之崖內部，還會把當年光柱出現的地方告訴你們。我想那道引得大量魔族攻擊石之崖的光柱，應該正是你們要尋找的聖物碎片吧？」

夏思思認眞地想了想，隨即決然地一口拒絕道：「那還是算了，既然如此我們還是各走各路吧！」

無論是人類還是獸族，雙方全都露出訝異的神情。卡路亞假咳了聲，道：「思思小姐妳不用再考慮一下嗎？對身爲勇者的妳來說，要獲得晨曦結晶應該不難。」

夏思思歪頭想了想，便往莉蒂亞投以一個詢問的眼神。

聰慧的小公主脆生生地說道：「以前王室的倉庫中確實收藏了一件用晨曦結晶製造的飾物，可是在北方賢者叛逃以後，父王卻用它來向一名富豪換取了一張遠古留存下來的防護卷軸，後來聽說那名富豪生意失敗，那件飾物輾轉間不知道流落到哪裡了。」

雖然布萊恩把晨曦結晶用來換了東西，可是夏思思在知道後還是不禁在心裡讚歎國王陛下的當機立斷，要是換她處於布萊恩的位置，只怕也會和他一樣，做出相同的決定。

城堡的防衛系統根本就無法對佛洛德產生太大的阻礙，增強防護這點是必須的。只因北方賢者知道太多王室的祕密，他甚至還著手親自修改並完善了城堡的防護。對方作爲同伴時固然是最可靠的戰友，然而作爲敵人，則是最可怕的對手！

防護系統並不是要修改便能立即修改的東西，因此這強大的防護卷軸便成了布萊恩用來爭取時間的手段。

夏思思向獸族等人攤了攤手，道：「你們太不了解人類了。我身爲勇者雖然在人類之中是很有名望沒錯，但你們眞的認爲我只要振臂一呼，收藏有晨曦結晶的人便會乖乖把寶物雙手奉上嗎？擁有這種珍品的人絕對非富即貴，我告訴你們吧！愈是富裕有權勢的人便愈是貪婪吝嗇，當然不是所有權貴都如此，但基本上是這樣沒錯，所以我並不看好呼籲的效果。」

「可是……由妳出面還是會比較方便……」

少女聳聳肩續道：「我就直說吧！我們現在都來到石之崖附近了，你們認爲我們是直接闖進石之崖比較快，還是爲你們去找晨曦結晶比較快？」

「別忘記石之崖很大，光柱出現的地點只有我們知道。即使你們憑武力闖入，沒有我族的協助你們絕對找不到光柱的確實位置！」狐族少年的語氣已隱隱帶著威脅了。

聽到卡路亞的話，少女並沒有生氣，反倒向對方展顏一笑，露出一排潔白的牙齒，道：「我們手上有著一枚象徵著人類與獸族友誼的火鳥羽毛，我相信有這枚羽毛在，獸王陛下應該不至於那麼絕情地拒絕我們。何況你說是我們人類的拳頭大，還是獸族的拳頭大？尤其在獸王陛下需要全力救治族人，分不出手來對抗人類入侵的現在！」

威脅！赤裸裸的威脅！

康斯用手摀住了臉，在卡路亞說出威脅夏思思的話時，他已覺大事不妙了，只是還未來得及阻止狐族少年，勇者大人已經毫不客氣地反擊回來。

這名清秀漂亮的少女看似迷糊可欺，但熟知她的人都知道這一切只是假象，夏思思一發起狠來絕對是個吃人不吐骨的狠角色！

卡路亞被夏思思一番狂妄的話氣得臉也白了，可是氣歸氣，狐族少年卻不敢繼續說出任何刺激少女的話。只因他很清楚對方並不是在裝腔作勢，夏思思是眞的擁有向獸族宣戰的能耐！

現在狐族少年總算看清楚夏思思根本就是披著羊皮的狼，卻偏偏僞裝成一副人畜無害的樣子，眞是太陰險了！

只見夏思思續道：「當然我是和平主義者，最討厭就是打打殺殺，所以對於發動戰爭這種事是從心底鄙視的。因此你們能夠說服獸王把碎片還給我最好，不然我就只能麻煩一點把你們打趴再說了。」

卡路亞幾乎要吐血了。妳是和平主義者？有妳這種威脅要把人打趴的和平主義者嗎!?而且還要獸王陛下把碎片「還」給妳？難道這碎片是我們獸族偷妳的嗎？我們還沒投訴這聖物碎片爲獸族帶來那麼多麻煩咧！

卡路亞滿臉幽怨地瞪了克里斯一眼，心想：看看你帶了什麼人過來？有你這麼坑人的嗎!?

狐狸妖媚的眼神太具殺傷力，即使淡漠如克里斯也被他這一眼瞪得恍了恍神，隨即大名鼎鼎的白色使者難得露出了心虛的表情。

克里斯覺得很冤枉，他介紹雙方認識本來是好意啊……本想著他們能夠各取所需達到雙贏的局面，誰會想到夏思思竟然如此難纏？

勇者與狐狸的爭鬥以勇者略勝一籌作終結，一直欲言又止的奈伊倏地發言道：「思思，不久前我好像看過大家口中的晨曦結晶。」

奈伊不鳴則已，一鳴驚人，所有人全都把目光投往青年身上，尤其獸族的視線更是熱切得幾乎要在對方身上瞪出洞來。「你在哪裡看到的？」

奈伊回憶道：「不久前思思生日，布萊恩陛下參加拍賣時帶上了我，說要是我看中什麼想買給思思的話便告訴他，他幫我標下來。」

夏思思有點意外，想不到陛下暗地裡竟是對奈伊頗爲照顧，她道：「那最後你什麼也沒有買嗎？」當時收到奈伊的花冠時她還以爲對方沒有錢買東西，想不到對方當日有一個如此闊綽的金主作後盾。

奈伊笑道：「嗯！我還是覺得鮮花比較漂亮！」

眾人聞言愣了愣，隨即嘴角不由得露出了笑容。唯獨獸族裡得知奈伊眞實身分的康斯與伊達，卻是神色複雜地看著笑得一臉燦爛坦率的魔族青年。

在旅途中不知不覺與奈伊的關係變得融洽起來的埃德加認同道：「奈伊你做得很好。相較於名貴的首飾，鮮花才不會辱沒勇者清廉的形象。」

清廉你妹！

夏思思心都在淌血了……請辱沒我的清廉吧！我一點兒也不介意！

雖然她不喜歡佩戴首飾，可是這些都可以換錢的啊！有錢才能夠有更美滿的生活，才能擁有飯來張口衣來伸手的理想人生！

不過看到奈伊一臉高興的表情，再回想到收到花冠作禮物時的幸福心情，夏思思還是讚賞道：「對！奈伊你眞是做得太好了！我一點兒也不想收到首飾……」說到這裡，少女再也說不下去，不然她眞的會吐血。

同時獲得埃德加與夏思思的讚賞，奈伊顯得非常雀躍：「那就太好了！我感覺到思思妳傳來很激動的情感，想不到妳那麼喜歡我送的花朵，我眞的好高興！」

夏思思強顏歡笑著，剛剛與卡路亞在討價還價中把對手殺得體無完膚的勇者大人，卻在面對奈伊幾句無心的話時，被刺激得如霜打茄子般凋萎了。

安妮與卡路亞則是圍著奈伊連聲追問：「你是在哪間拍賣行看到的？知道是誰把晨曦結晶買走嗎？」

奈伊正要回答，卻被夏思思阻止道：「等一下，我還是改變主意了。」

既然有晨曦結晶的線索，找起來便省力得多了，夏思思自然不會放過這便宜。

卡路亞揶揄道：「怎麼了？勇者大人妳不是要帶領人類殺上石之崖，看看誰的拳頭比較大嗎？」

夏思思一臉正氣凜然地說道：「怎會!?我不是說過我是個和平主義者了嗎？才不會做這麼野蠻的事情！」

聞言所有人都囧了，不要說獸族，就連艾莉他們也受不了勇者大人的厚臉皮。

卡路亞還想說什麼，卻被康斯用眼神阻止。只見康斯取代了狐族少年的位置，開始與夏思思交涉起來，他道：「只要思思小姐妳能夠幫我們取得晨曦結晶，我方先前所做的承諾依然有效。」

雖然犬族不及狐族機敏，可是康斯的閱歷比卡路亞豐富得多，再加上青年早就摸清楚夏思思吃軟不吃硬的性格，知道要順著少女脾氣，交涉起來自然愉快順利得多了。

在獲得獸族一連串的保證後，夏思思這才讓奈伊揭曉拍賣行的名字，出乎少女的意料，這個拍賣行她一點兒也不陌生。

在她的空間戒指裡，還存放著一枚貴賓級別的紫眼金蜻蜓別針呢！

夏思思想起她曾經為歐恩商會繼承人的身分而驚訝不已，更想過回到王城後以勇者的身分親自到商會進行拜訪，好好把這場子找回來。只是到達王城後發生了不少事情，結果她便把這件事情忘掉了。

夏思思看向一臉驚訝的康斯與伊達，感慨著笑道：「這個世界真是小啊！」

ch.6 商會

雖然夏思思很想看看歐恩在得知她的勇者身分後，到底會露出怎樣的表情，可是以少女的懶惰性情，卻絕不會為了逞一時之快而選擇折返回王城。

同樣的道理，雖然已從奈伊的口中知悉晨曦結晶曾在金蜻蜓商會所屬的拍賣行進行拍賣，可是夏思思卻完全沒有返回王城找歐恩詢問的意思。

還好金蜻蜓商會的分會遍布全國，英雄鎮正好就有它的分部。最重要的是，商會每一個分會都設有聯絡用的魔法晶石，即使相隔再遠也能共享資訊，因此夏思思他們根本不用特意前往進行拍賣的王城總部，也能獲得需要的情報。

康斯等人在英雄鎮停留已久，對這座小鎮早已非常熟悉。在他們的帶領下，所有人浩浩蕩蕩地往商會分部出發。

雖然英雄鎮是個只有百多戶人家的小鎮，可是金蜻蜓設立在小鎮裡的分會卻一點兒也沒有馬虎了事。分會的建築面積雖然不算廣闊，卻麻雀雖小、五臟俱全。其他大城市的商會有的服務在這裡同樣也有，而且工作人員全都經過嚴格培訓，服務態度與應變能力實在好得沒話說。

也許正因為這種對服務的態度與執著，才能夠讓金蜻蜓商會成為國內最大規模，以及最受商人們歡迎的商會吧？

□

勇者一行人剛踏進商會大門，立即便有一名笑容甜美的接待員上前道：「您們好，請問有什麼我能夠幫各位服務的嗎？」

爲了節省麻煩，夏思思第一時間便取出歐恩送給她的金蜻蜓別針。

看見別針的瞬間接待員忍不住露出訝異的神情，可是這名年紀不大的女子不愧是金蜻蜓商會的員工，素質實在好得沒話說，只見女子在小小的失態過後立即便恢復過來；確認了別針眞僞後，她臉上的笑容再度燦爛了幾分，態度熱情之餘卻又不會讓人覺得過於諂媚。「原來是少主的朋友，請各位到貴賓室稍候片刻，我們分會會長將親自前來接待大家。」

貴賓室內的茶水與點心一應俱全，眾人坐下不久，這個分會的會長便出現了，雙方寒暄過後，康斯等人便道出了來意。

聽到他們想要查詢購買晨曦結晶的買家身分時，男子露出了爲難的神情說道：「很抱歉，每一位進入包廂拍賣的客人身分都是保密的，我不能洩露給各位知道。」

夏思思說服道：「只要我們不說是你告訴我們的，不就只有天知地知你我知嗎？」

男子仍舊毫不猶豫地搖了搖頭，道：「眞的很抱歉。」

少女見狀收起了笑容，惡狠狠地道：「你眞的不合作嗎？我可是曾經救過歐恩的性命喔！」

男子苦笑道：「即使是歐恩少爺親自前來查詢，我還是不能將客人的資料外洩。商會最重聲譽，這是我們立身處世的根本。」

夏思思本以爲憑著歐恩所贈送的別針，便能夠輕易獲得晨曦結晶的情報賣獸族一個天大的人情，想不到本以爲萬無一失的事情卻在一開始便碰釘了。看分會長的態度如此堅決，夏思思與埃德加等人面面相覷，卻拿對方沒有任何辦法。

夏思思瞇起眼睛，心裡考慮著嚴刑逼供的可能性。

也許因爲屢次拒絕對方的請求而感到不好意思，又或許是分會長察覺到夏思思不懷好意的危險眼神，只見男子提議道：「雖然我們無法洩露客人的資料，可是我可以代各位嘗試聯絡對方，不知您意下如何？」

在旁的康斯嘆了口氣道：「也只有如此，有勞了。」

「既然如此，請各位稍候。」說罷，正要離開的分會長，在走到房門前像是忽然想起什麼般停下了腳步，道：「對了！請問各位在王城中有沒有認識一些身分顯赫的貴人？最好是與教廷方面有關的人物，如果有的話，也許會比較容易打動這位買家答允與各位見面。」

夏思思挑了挑眉，試探道：「哦？這麼說，難道那個買家與教廷交情不錯？」

男子笑而不語，讓夏思思恨得牙癢癢卻又拿他無可奈何。

機會只有一次，現在已不是低調的時候了。埃德加說道：「我是聖騎士團第七隊的隊長。」

分會長雙眼閃過一絲驚愕，顯然想不到這個穿著尋常劍士服的俊美青年竟是名聖騎士，而且還是騎士團的隊長！不由得疑惑這些虔誠無比的聖騎士怎麼會脫下他們具有代表性的銀甲到處跑？

分會長早已練出了喜怒不形於色的功夫，雖然意外於埃德加的身分，但訝異的神情卻是一閃即逝，不注意的話倒是完全看不出來。

埃德加公開了身分後便一言不發地盯著勇者看，夏思思思量片刻，心想這名分會長的口風那麼緊，應該不會把她的身分到處宣揚才對，於是也就爽快地和盤托出道：「我是由眞神所挑選的第三代勇者，埃德加他們都是我的護衛，如有需要的話我們可以直接聯絡教皇或大祭司出面與結晶的買家交涉。我們急須獲得晨曦結晶，這關乎世界的安危，拜託了！」

少女在坦白的同時不放過任何恐嚇對方的機會，幾句話便把事情拉升至世界安危的層面，還怕對方不用心幫忙嗎？

分會長再處變不驚，還是被夏思思的身分嚇倒了。這個可憐的男人還未從知悉勇者身分的震驚中恢復過來，便聽到夏思思那個把這次聯繫升至世界危機的可怕發言，害分會長嚇得幾乎要立即答應勇者大人把客戶的資料洩密了。

看著魂不守舍地離開的分會長，眾人不禁向對方的背影投以憐憫的視線，對於勇者大人的惡劣多了一份認知。

面對眾人怪異的眼神，夏思思有點心虛地解釋道：「如果我們在這裡斷了線索，也許就無法獲得買家的身分，那麼與獸族的交易也就此告吹了。到時為了取得聖物碎片，我們或許會與獸族開戰，然後在雙方打得兩敗俱傷之際，魔族說不定會乘機出手把人類與獸族一網打盡，到時候闇之神稱霸天下便糟糕了！你們說分會長這段通訊，難道不是關乎世界安危的大事嗎？」

艾莉吐槽說道：「妳這個關乎世界安危的預測，還眞是擁有不少不確定的因素啊……」

不得不說所有人都低估了夏思思的厚臉皮，只見少女從最初的心虛迅速恢復過來，並且厚顏無恥地以一臉高深的神情說道：「所謂的人生啊！就是一場沒有答案的賭博。我們不能因為這只是其中一個可能性而掉以輕心的，對不對？」

對妳妹！

就連性情最敦厚溫和的康斯也忍不住在心裡罵了一句。

很快地，分會長便結束了通話，重新回到貴賓室裡。

從男子步入房門的那刻起，所有人全都緊張地緊盯著他。偏偏他就是一臉喜怒不形於色的表情，誰也無法從他臉上看出任何端倪。

面對眾人的注視，分會長不慌不忙地說道：「幸不辱命，買家允許我把他的身分公開。非常湊巧的是，對方的家鄉正是英雄鎮，而這位客人這段時間剛好返回家鄉探望剛出生的孫女，不然只怕各位要到王城去拜訪他了。這段時間他的心情也比較好，應該會較容易說話才對。」

分會長最後一句話令夏思思生出不祥的預感。聽他這麼說，那位客人的脾氣似乎不是很好的樣子？

艾莉忽然若有所思地說道：「長居王城、與教廷關係不錯、家鄉在英雄鎮，而且孫女剛出世……你說的這位客人該不會是巴德博士吧？」

分會長點了點頭道：「是的。」

夏思思好奇地問：「艾莉，妳認識這位巴德博士嗎？」

艾莉一向說話很不客氣，說到這位巴德博士時更顯得尖酸刻薄，她道：「當然！這個老頭討厭死了！他是我爺爺的學長，學識倒是不錯，就是小時候讀書讀壞了腦子，整日瘋瘋癲癲的。」

聽到艾莉一番大逆不道的話，分會長不禁多看了她一眼，道：「這位小姐，妳是恩伯特博士的……」

「他是我的爺爺。」少女一臉驕傲地挺起了胸，神情與說及巴德的時候截然不同。

此時埃德加皺眉道：「如果晨曦結晶在巴德博士手上的話，這事只怕難辦了。」

安妮一臉好奇地詢問：「爲什麼這樣說？」

埃德加解釋道：「巴德博士一直醉心研究，不喜歡與人接觸，尤其他的妻子去世後更是把所有精力都花費在研究上。他易怒、頑固，要從他手上取得晨曦結晶只怕非常困難。這一次他之所以願意接見我們，只怕還是看在教廷的份上，以及對勇者的好奇心作祟吧？」

「巴德博士年輕時曾遭遇妖獸襲擊，被外出歷練的主教大人救下性命。」凱文補充。

夏思思不自覺想起那件被卡斯帕穿來招搖撞騙的見習祭司袍，聽說就是主教大人當年拿來穿的……

「事情再難我們還是得要一試。分會長先生，請告知我們巴德博士在英雄鎮的住處。」埃德加一雙蔚藍的眸子閃過一絲決意，身爲聖騎士長的他雖然性子冰冷，可是卻擁有著軍人勇往直前的堅定意志。以夏思思的話來說，其實埃德加骨子裡還挺熱血的。

分會長早有準備，聽到騎士長的請求立即遞上一張寫有巴德地址，以及一些基本資料的便條，說道：「預祝各位一切順利。」

出了商會大門，埃德加便把手中的便條交給康斯，問：「上面的地址離這裡遠嗎？」

「英雄鎮不大，即使是離我們最遠的地方，騎馬也花不到半天的時間。」康斯笑著說道，隨即看了便條一眼後笑容變得更爲明顯，他道：「我們的運氣不錯，便條上的地址就在這附近而已。」

這時安妮拉著莉蒂亞的手，笑嘻嘻地說道：「我們早就約好中午到公園玩耍，就不與大家一起去了，反正多我們不多、少我們不少。」

艾維斯聞言笑道：「我也很久沒到公園遊玩了，兩位美麗的小姐，妳們允許我同行嗎？」

夏思思看了艾維斯一眼，神色間帶有一點無奈，她知道青年之所以跟著過去，是因爲想要就近觀察莉蒂亞。初次見面時，小公主給了青年一個工於心計的印象，令艾維斯老是下意識地防著她。聰明的人總是想得比別人多，同時也遠比別人多疑，這是艾維斯的優點，同時也是他的缺點。

雖然夏思思不認爲他們倒楣的話莉蒂亞能夠獲得什麼好處，但莉蒂亞對克里斯的影響力似乎不小，防著點也好，因此少女也就由著他了。

安妮最喜愛熱鬧，自然不會拒絕艾維斯的毛遂自薦。見狀，本想叫凱文與小公主同行的埃德加便打消了念頭，畢竟這座小鎮不大，有艾維斯跟著她們已足夠了。

此時隱身在眾人之中，幾乎快被思思等人所遺忘的克里斯現身說道：「我與他們一起去。」隨即，精靈再度隱藏了身影……

看著安妮牽著莉蒂亞那相親相愛的背影，康斯的眼神變得很柔和，隨即轉向身旁的勇者，問：「思思小姐，這名小姑娘是你們人類的王族嗎？」

「你猜對了！不過你怎會知道莉蒂亞是公主？」夏思思大惑不解地盯著小公主的背影看，心想莉蒂亞雖然遠比同齡孩子懂事乖巧，但也不至於一看便知道她是王女吧？

夏思思從不相信小說中那些九五之尊身具龍氣，虎軀一震便令所有人臣服這種屁話。正所謂人靠衣裝，什麼王八之氣九成都是由衣著外表所修飾而來的。雖然上位者頤指氣使慣了，自然有著別人模仿不來的氣度，但如果國王一臉泥污穿著乞丐服蹲在路邊行乞，少女就不信誰那麼厲害，這樣還能猜到他的身分！

同樣的道理，莉蒂亞此刻的服裝與一般女孩無異，就只是衣料子比較好。然而康斯一開口便已幾乎肯定莉蒂亞是個公主了，這讓夏思思感到非常好奇。

康斯解釋道：「主要是覺得與思思小姐妳一起旅行的應該不是普通人，再加上你們曾提及過本想直接前往石之崖與獸王陛下交涉，可是莉蒂亞只是個孩子，思思小姐妳沒理由帶個小女孩過來冒險，也就是說莉蒂亞有『某些東西』能夠幫你們說服陛下。」

頓了頓，康斯續道：「然後我注意到莉蒂亞殿下有著一雙很特別的紫藍眸子，我便猜到了她的身分。那位與獸族交好的菲利克斯帝國的女王陛下，不正擁有著一雙美麗的紫藍眼眸嗎？」

夏思思愣了愣，這個她還眞的不知道。由於戰亂以及卡斯帕故意隱瞞的關係，人類流傳下來的歷史並不多。因此她雖然知道獸王與菲利克斯帝國的一名女王有著深厚的交情，可是對這名女王的事情卻所知不多。布萊恩之所以讓他們帶莉蒂亞一起走，本意也只是想讓她作爲王族的代表來交還羽毛，希望獸王看在莉蒂亞是那位女王陛下後人的份上，能夠比較好說話而已。

難怪克里斯在旅館時曾說過，他們選擇莉蒂亞隨行而不是安朵娜特公主，這的確是很正確的選擇。

如此想來他們的運氣眞的不錯，竟然歪打正著地選了有著紫藍眸子的莉蒂亞隨行。

□

巴德的住所果然不遠，很快地，夏思思等人便來到一間小小的農舍前。

少女看了看用純木搭建的屋舍，再看了看滿地走的雞鴨，以及困在欄柵內挑釁般用屁股對著眾人的肥豬，不禁發出由衷的感嘆：「比想像中有農村風味啊……」

熟知巴德的艾莉解釋：「這個老傢伙是農民出身，他在成名前一直在這座農莊裡居住，並且對農家生活情有獨鍾。可惜英雄鎭的資源貧乏，爲了方便研究，他才舉家搬至王城裡。巴德的獨子貝克是個憨厚的老實人，由於沒有繼承到父親的聰明頭腦，於是在成家後便搬回到英雄鎭的舊居，老老實實地當農夫了。」

在眾人皆惋惜著貝克沒有繼承到巴德的天賦時，夏思思卻有著不同的見解：「天賦這種事情怎能強求？當農夫也很好啊！只要是自食其力的人都值得別人敬重，至少這個貝克不是個依靠父蔭好吃懶做的富二代。」

「思思，什麼是富二代？」奈伊問。

少女正要說話，突如其來的聲音卻嚇得她把要說的話吞回肚子裡：「算妳這個丫頭有點見識。衝著妳剛才那番話……你們進來吧！」

不知道從哪傳來的老人嗓音聲量並不大，卻正好傳進所有人的耳內。四周根本就沒有人在，可是老人的聲音卻彷彿正在耳畔說話般清晰。

「咦？這個聲音難道是……巴德博士？」眾人驚訝地低呼。

夏思思東張西望了一會兒，忽然一手指住路過的一隻公雞震驚地質問：「你就是巴德博士!?」

一旁的凱文慌忙向夏思思大打眼色，深怕勇者大人的話會得罪那位傳言脾氣並不好的博士。

卡路亞茫然地眨了眨一雙水汪汪的鳳眼，頓時媚態盡露，道：「如果他是巴德博士的話，這番話是什麼意思？他不是已經允許我們的拜訪了嗎？」

艾莉撇了撇嘴，道：「笨！巴德那個老頭的家哪是那麼好進的？他雖然是個喜歡紙上談兵的學術派，但好歹也是我爺爺的學長。這個人最不喜歡別人打擾了，他這間看起來普普通通的農舍也不知道藏了多少陷阱。這次我們能夠輕易進去，也是託了思思的福。」

狐族的頭腦在獸族中素來比較靈活，這還是卡路亞第一次被人當面罵他笨，不禁滿臉不服氣。

偏偏艾莉是無風尚起三尺浪的性格，見狀不只沒有絲毫收斂，反倒得意洋洋地挑釁道：「怎麼了，笨狐，說你笨還不服氣嗎？」

看自家部下得意得尾巴都翹了起來，埃德加冷冷地「哼」了聲，立即讓女騎士乖乖地退了回來。

說話的同時，眾人已走到農舍大門前，此時這無論怎麼看都只是道普通木門的大門竟然自動打開讓一行人進去，這神奇的現象正印證了艾莉的話——這絕不只是簡單的普通農舍！

農舍面積不大，裝潢皆以簡樸實用為主，內裡的格局一目瞭然。與尋常農舍一樣，地面是客廳、飯廳與廚房，至於睡房與客房則全都位處於二、三樓。

此刻客廳的木椅上正坐著一名老人，無論是他那滿頭的白髮還是臉上深刻的皺紋，都說明了這人已不再年輕，然而他的雙眼卻銳利無比，一雙眼瞳完全沒有老年人常見的混濁。

除了老人以外，下層再也沒有其他人，也不知道貝克一家三口是正好不在家，還是迴避至上層的房間裡。

老人津津有味地喝著小麥酒，彷彿完全察覺不到眾人的存在。眾人互看一眼，隨即康斯越群而出，禮貌地詢問：「請問你是巴德博士嗎？打擾了，我們是……」

老人「哼」了聲：「明知故問！這裡是我家，我不是巴德是誰？你們就是那群打我的晨曦結晶主意的小兔崽子吧？有屁快放，老子沒空聽你們說廢話！」

老人一說話，除了艾莉以外，所有人都把眼珠子瞪得快掉了！

這到底是哪門子的學者啊？只怕目不識丁的農夫也比他斯文吧？

只有艾莉習以爲常地笑嘻嘻說道：「巴德爺爺還是這麼硬朗，眞好！似乎還能活很久才死呢！」

老人冷冷回道：「不勞妳費心。艾莉妳還是先擔心自己吧！聽說聖騎士的死亡率頗高的。」

眾人聽得直眨眼，完全搞不清兩人的對話到底是在問候還是在詛咒對方了。

在艾莉與巴德你來我往地互相問候得不亦樂乎之際，康斯總算調整好心態，把獸族的遭遇盡量簡化地和盤托出。

說話的期間，康斯一直維持著怪異的神情，只因剛才巴德不耐煩地叫他「有屁快放」，害他現在說話就好像在回應老人這句話般正在放屁……

老人自顧自地喝著酒，也不知道到底有沒有認眞在聽康斯的話。當青年把話說完良久之後，巴德這才抬起眼簾，慢吞吞地看了看一臉緊張與期盼的幾名獸族，最後把視線停留在伊達身上，道：「這是你們求人的態度嗎？藏頭露尾的，要是我不知道還以爲你們是哪來的強盜。」

聽出老人意有所指，伊達全身一僵，良久，在同伴擔憂的注視下默默脫下臉上的面罩。

夏思思一直很好奇伊達的長相，然而當她看清楚對方的臉時，卻忍不住倒抽口氣。

只見伊達有著一張輪廓分明的臉，雖然算不上俊美但也英氣逼人。可惜青年左臉臉頰至下巴有著一道非常猙獰的燒傷，疤痕的面積幾乎掩蓋了他半張臉，把他的容顏都毀了。要是把身上的衣物脫下，這炙傷的痕跡說不定還會繼續延伸下去。

卡路亞小聲說道：「伊達小時候家裡曾遇上火災，他雖然逃過一命，但半身都燒傷了。」

面對伊達嚇人的容貌，巴德卻滿意地點了點頭，道：「這樣比藏頭露尾好多了。」

夏思思眨了眨眼，隨即向伊達笑道：「認識你那麼久，我終於知道你長什麼樣子了，眞好！」

伊達愣了愣，雙眼閃過一絲溫暖的神色，恐怖的相貌在這柔和的目光襯托下，竟彷彿變得沒那麼猙獰了。

雖然身爲當事人的伊達似乎不是太介意，可是卡路亞卻對於巴德強迫伊達露出容貌一事無法釋懷。只見狐族少年眼波流轉地往老人的方向一瞪，威嚇力沒多少，反倒有種在向老人送秋波的感覺，道：「伊達已經按照你的話做了，現在你可以告訴我們交換晨曦結晶的條件了吧？」

巴德老神在在地說道：「誰說我答應把晨曦結晶交給你們了？」

「但你剛剛不是……」

「我只是說我討厭藏頭露尾的人，但什麼時候答應你們任何事情了？他把面罩脫下只是獲得留在我家裡與我談判的資格而已，不然我早就把你們趕出去了！」

關乎族人性命的結晶在老人手上，卡路亞再不滿也不敢直接說出來，只得更加用力地狠狠向老人瞪去。反正少年自己知道，他這雙妖媚的鳳眼瞪得再狠也凶不起來，但至少這樣做他心裡暢快啊！

老人「嘿嘿」一笑道：「小子你們也別不服氣，現在是你們有求於我，那就把姿態放低一點。例如玩玩長跪不起什麼的，說不定我心情一好便會答應呢！」

這次不止卡路亞，就連最為穩重的康斯與伊達也微微皺起了眉。當巴德答允讓商會洩露他的身分與住址時，青年本以為巴德有心把結晶出讓，可現在看來，老人似乎只是想讓他們前來給他消磨時間？

為了拯救族人的性命，康斯不介意向巴德下跪，可問題是即使他真的下跪，對方也未必會答應出讓結晶，說不定又會再說他根本就沒有答應過任何事情云云。

想不到這個老人比想像中的還要難纏，獸族等人頓時陷入了進退兩難的局面。

跪還是不跪？

此時夏思思笑道：「巴德博士，現在獸族有求於你，你有的是機會好好敲詐一筆喔！把人逼得太緊的話，一會兒雞飛蛋打就不好玩了。要知道耍人也是個技術活，把人耍得團團轉卻又不至於觸及對方的底線，這才是耍人的最高境界！」

「……」所有人聽到勇者大人正氣凜然地說出這番見解後，全都愣住了。

良久，巴德博士才回過神來，饒有趣味地把目光移向這名語出驚人的年輕少女，他道：「妳是誰？」

眾人這才想起剛剛光顧著處理獸族的事，倒忘了向巴德介紹夏思思的身分了。老人該不會早已把少女歸類爲路人甲了吧？

夏思思笑著拍了拍心口：「我正是這一代的勇者！」

「妳就是勇者!?」巴德忍不住仔細打量夏思思，雖然早就聽說過這任勇者是名年輕少女，但夏思思的外貌比他所想像的還要年輕幾分，而且那副小身子怎樣看都很弱啊!?

還有剛才那番言論……這名少女的品行，也貌似不怎麼端正啊……

只見夏思思一臉高傲地揚起下巴道：「欺負康斯這些老實人有什麼好玩的？聽說巴德博士你是學術界的權威，也只比艾莉的爺爺恩伯特博士差一點而已。我要向你比拚學術方面的問題，賭注是晨曦結晶！」

ch.7
賭博

說到巴德比不上他的學弟時，夏思思故意很挑釁地加重了語氣；少女早就從艾莉口中知道巴德因爲較爲注重學術上的研究，以致經常被人取笑他只能紙上談兵，完全不及研發出各種實用鍊金產物的恩伯特來得對人類有貢獻。巴德對這些評價非常介懷，這也是兩名前後輩感情不好的主因，甚至還造成了巴德對恩伯特有著很重的爭勝心。

這次夏思思故意把恩伯特的名字推出來，就是知道巴德聽了學弟的名字以後絕對不會退縮，必定會意氣用事地爽快應允！

果然，巴德被少女利用恩伯特的名字刺激一番後，便想也不想一口答應下來，道：「哼！我大半生都投入在研究中，光是學術知識方面，就連我的學弟也只能說聲自愧不如，我不知道妳一個半大的女娃爲什麼會有這種自信，但我可以告訴妳，妳輸定了！」

不止巴德，就連夏思思的同伴也不看好少女，紛紛向她投以擔憂的視線。

夏思思悠然說道：「勝負要比拚過才知道。你現在把話說得這麼滿，敗了以後會摔得很重喔！」

少女之所以如此有自信也是有原因的，不同於這個世界所盛行的魔法文明，夏思思所出生的地球是個以科學文明為主的世界。由於沒有魔法存在，因此地球的科學水準絕對高出這裡不知多少倍。

這個世界的鍊金術師說白了就是地球的科學家。雖然夏思思與科學家這個職業對不上號，可是她小時候為了幫助夜脫離控制他們的組織，曾認真研究過孤兒院的電腦系統，更遑論她還是個擁有著超人般記憶力的天才！

夏思思相信光是憑藉她腦子裡所記憶的眾多公式，已足以把巴德這個異世界的博士虐得體無完膚了。

對少女的自信感到不以為然，巴德一臉輕蔑地說道：「我以晨曦結晶作賭注，那你們的賭注是什麼？」

夏思思沒有說話，卻笑吟吟地回首注視著康斯。

少女的意思很明顯──我現在是為獸族進行賭博，那賭注是不是該由你們拿出來？

雖然對夏思思勝出並不抱持期待，但康斯還是很仗義地站出來道：「賭注就由獸族來出吧！」

巴德用著不懷好意的視線打量了四人一番，道：「正好我對獸族的身體結構很感興趣，如果我勝出的話，你就當實驗體給我研究一年吧！放心，死不了人的，就是要吃點苦頭罷了。」

聽到巴德的話，伊達等人頓時神色一變，卡路亞更是立即出言阻止：「康斯你別答應！」

就在康斯猶豫不決間，青年想起了與夏思思同行時，少女所展現出來的種種奇蹟，隨即青年臉上猶豫的神情瞬間堅定起來，他道：「好！我答應你，如果思思小姐輸掉的話，我無條件當你一年的實驗體！」

夏思思愕然地眨了眨眼，她早已看出康斯等人根本不認爲她能夠勝過巴德，即使如此，康斯到最後竟還是選擇相信她！

青年的決定讓少女感到很意外的同時，也令她不得不收起玩樂的心態，認眞看待這場賭博。

不過認眞歸認眞，討價還價還是必要的，不然她就不是夏思思了。「這樣不公平！晨曦結晶再貴重也只是身外物，根本就及不上一個活生生的人啊！」

巴德不耐煩了道：「那妳想怎樣!?要不再加上我敗了的話當妳一年的跟班？反正我絕對不會輸。」

夏思思對於被這個極難侍候的老頭子跟著一年的提案敬謝不敏，用疑問的視線看向康斯，犬族青年慌忙搖首。

就連康斯也不願意接收他啊……少女很想勸老人真的要好好反省一下，看看送上門人家也不要，拜託你檢討一下自己到底有多惹人厭吧！

想到這裡，少女的腦海裡忽然閃過一個不錯的主意。

只見勇者大人笑道：「我也不需要你一個老人家來侍奉我，那可是會折福的！不如這樣，你輸了的話，便在最近的學者們聚會上，當著眾人大聲說一次：『各位，我有一件很重要的事情要告訴大家，我剛剛發現原來我是個自視甚高的混帳！』這樣如何？」

眾人的嘴角一抽，也不知道該回以什麼反應，只能說夏思思的提案實在太奇葩了……

老人咬牙切齒地說道：「好！我賭！要是我勝出的話，一定會好好招待這小子的！」

聽到巴德的話，康斯眞的欲哭無淚了，這根本就不關他的事啊！怎麼算到他的頭上了!?

說了句狠話以後，巴德似乎覺得無法把夏思思拉下水一點兒也不好玩，只見老人抗議道：「妳身爲當事人，斷沒有全身而退的理由，怎樣也要付出一些作賭注吧？」

「如果夏思思敗了的話，她便要去認眞學習劍術如何？」一直沉默不語的埃德加忽然提議道。

凱文與艾莉全都既驚訝又憐憫地看向自家隊長，心想他想要勇者學劍都想得魔障了，竟然到了這時仍不死心啊……

夏思思一聽到要她練劍便表露出強烈的抗拒，道：「埃德加你到底站在哪一邊的？太過分了……我再一次重申，你看看我身材瘦削、弱不禁風，就只有胸肌比你發達，你怎會產生讓我舞刀弄槍這種荒謬的想法？」

勇者粗俗的比喻讓眾人差點噴笑，而再次被少女拒絕的埃德加卻神色冷冽地道：「思思，妳別身在福中不知福了。妳知不知道有多少人希望學劍術卻沒有這個機遇？」

夏思思一秒回答：「不知道。」

埃德加被對方想也不想的回答堵住了接下來想說的話，即使冷靜如他，一時間也有種抓狂的感覺，過了好一會兒才續道：「還記得西方要塞的諾耳曼將軍嗎？他年輕時是一個窮小子，根本就沒有多餘的錢請老師教他學劍。於是他每天風雨不改地偷偷爬上學園旁的大樹偷看學生練劍，最終習得一身強悍的武藝……」

少女聞言一臉敬仰地道：「每天風雨不改地爬樹去偷窺人家，這得有多變態才做得出來啊？」

這次埃德加是真的被氣得說不出話來了。好端端一個振奮人心的故事，怎麼到了夏思思的口中卻變得如此不堪？

埃德加很想剖開少女的腦袋看看，證實一下異世界人的腦部構造是不是與他們不同！

感受到埃德加濃烈的殺意，夏思思感慨了一聲以後也不敢造次了。反正少女本就有著必勝的自信，心想騎士長添加下來的小小的彩頭她應允下來又有何妨，便道：「算了，那就加上學習劍術作賭注吧！巴德博士，這樣你可以接受了嗎？」

巴德挑了挑眉，道：「雖然我覺得學劍這種事情不干我事，不過既然妳這樣抗拒的話，用來當賭注噁心一下妳似乎也不錯。倒是妳連劍術都不懂眞的沒問題嗎？妳好歹也是個勇者吧？」

夏思思眨了眨眼，忽然露出含羞答答的表情擺出了蓮花指，「才不要學呢！人家是斯文人。」

「……」巴德忽然發現當人臉皮厚到一個程度時，其實也是一種另類的強大。

既然賭注已獲得雙方認可，那便到了出題目的時候了。

對賭的方式是兩人各自提出一個學術問題給予對方解答。假設雙方都無法解答對方的問題便算平手，須提出新的題目直至分出勝負爲止。

夏思思忽然露出悲天憫人的神情詢問：「可如果巴德博士特意拖延時間那怎麼

辦？多花一分鐘時間，那獸族的傷者便要多受一分鐘的苦啊！」

巴德氣急敗壞地說道：「誰會那麼無聊？」

夏思思挑了挑眉，道：「那可難說。萬一我擔憂著獸族的狀況，那不就無法靜下心來思考題目了嗎？你現在是我的敵人，我當然要防止對手使用任何卑鄙無恥的手段了。」少女的語氣好像已經落實了老人的罪狀，幾乎是指著老人鼻子明說他就是那個卑鄙無恥的人了。

看巴德快要吐血的樣子，凱文深怕這位年老的學者眞的被夏思思激出個好歹來，連忙上前打圓場，道：「呃……既然如此，爲公平起見便限時作答吧！」

巴德冷哼了聲：「可以。那就由勇者大人妳先作答，然後我的答題時間不能超出妳的時間，這樣夠公平了吧？」

老人根本就不認爲自己的作答時間會比夏思思久，何況他早就想好這次賭博所要詢問的問題了。這個問題他花了大半輩子來研究還是不得要領，正好拿來爲難這個囂張的少女。

夏思思雙眼一亮，道：「好！」

看到少女喜孜孜的神情，老人忽然生起一種不妙的感覺。可想來想去都覺得這附帶條件不只公平，甚至還對他有利，因此只好硬是壓下這種突如其來的不安感，一臉傲然地道出了謎題：「既然如此，那妳可聽好了……」

巴德說到這裡，神情變得凝重，這害旁觀的眾人也不禁緊張起來。「這是一個困擾了我們多年、花費了我一生心血也無法獲得答案的問題——到底該如何求得一個球體的面積？」

聽到巴德鄭重其事地提出問題後，夏思思忽然生出一種很荒謬的感覺。

雖然早就知道這個以魔法文明為主的世界對理科的理解實在不怎麼樣，但少女發現她還是太高估這個依賴魔法的世界對科學的重視程度了。

於是夏思思在眾人目瞪口呆的注視下，想也不想便把求球體總面積的公式詳盡道出。順道在心裡狠狠鄙視這個連中學生也不如的博士，以這種知識水準竟然還膽敢與她賭博，這不是自找苦吃嗎？

一開始夏思思以輕鬆無比的表情，想也不用想便在紙張上寫下公式時，巴德只冷笑著面露不屑。在老人想來，這絕對是夏思思想不出答案卻又怕什麼也不寫會很失面子，因此才胡亂在紙張寫上一些亂七八糟的符號與數字。

然而當勇者大人把公式寫完並解說了一遍之後，巴德瞪著公式的眼珠子都瞪得快掉出來了。

當老人取過紙筆、狀似瘋狂地在紙張上寫寫畫畫著什麼，然後再拿兩個球狀物反覆比較印證後，眾人這才確定了夏思思寫在白紙上的東西絕對不是亂寫來好玩而已！

看巴德那麼緊張的樣子，剛剛少女的答案即使無法解答老人的提問，只怕也離答案不遠了。

所有人一臉震驚地往夏思思看去——這女孩才多大啊？她竟然能夠答出巴德博士窮極一生也無法解答出來的難題！雖然從一開始夏思思早已表現出一副胸有成竹的神態，可是無論年紀、閱歷、學識，以至在學術界的成就……雙方的實力實在太懸殊了，因此眾人只覺少女在虛張聲勢而已。

以眾人對夏思思的認知，皆認為她不會打沒把握的仗，但他們只以為這個聰敏無比的少女會以詐騙或取巧的方式來取勝，誰也沒想到夏思思竟會用如此直接的方式，堂堂正正地把巴德正面擊倒！

利用夏思思解答的方式試驗了幾次皆獲得正確答案後，巴德不得不承認少女提出的公式實在是無懈可擊。此刻老人的心情很複雜，既有輸掉的懊惱，也有解開謎底的喜悅，還有種英雄末路般的淒涼，以及淡淡的不甘心。

夏思思可不理會巴德的複雜心思，她只想快快把事情解決，獲得勝利後盡快把第四枚碎片取到手，她道：「現在輪到我出題了。」

少女的話驚醒了百感交集的巴德博士，老人這才想起，雖然他以為萬無一失的問題被少女解開了，可這並不代表他輸了。只要他能夠解答夏思思的問題，那便能扳回一局，未必沒有取勝的機會！

想到這裡，巴德的鬥志再度熊熊燃燒起來。

見狀，夏思思笑吟吟地提醒道：「說起來，剛剛我解題只用了三十秒，博士你記得不要超過這個時間喔！」

少女的話猶如一桶冷水淋下來，瞬間淹沒了巴德剛剛燃燒起來的鬥志……

他還真把這件事忘掉了……

不過不要緊！巴德相信憑他多年研究得來的知識與經驗，要解答夏思思這個年輕女孩的提問絕對易如反掌！時間少又怎樣？他才不相信夏思思能夠問出難倒他的題目！

什麼問題都好，儘管放馬過來吧！

「那麼請你聽好了。野雞和兔子關在同一個籠子裡，有三十五顆頭，九十四隻腳。那麼籠內到底有多少隻野雞，多少隻兔子？」

所有人當場傻眼。

這到底是什麼怪問題啊!?雖然夏思思沒有違反規則，這也可以算是一道數學題，但所有人全都被那些雞啊兔啊什麼的都搞得混亂了，滿腦子都被一隻隻毛茸茸的腿，以及一顆顆雞頭與兔子頭塞得頭昏腦脹。

夏思思臉上不動聲色，但其實肚子裡早就笑翻了。這些講究邏輯思維的問題在地球網路上早就比比皆是，但在這裡卻是非常冷門的新鮮玩意。任巴德再聰明，驟然遇上這種問題也需要花費不少時間來思考，偏偏夏思思卻早就加上了一條附帶規則，令老人的思考時間不得超過三十秒！

可以說，從巴德自負地說出他的回答時間絕對不會超過夏思思的瞬間，便已經註定了他的失敗。

三十秒很快過去了，在這短短的半分鐘老人卻流了一頭的汗水，偏偏他越是焦慮便越難抓住問題的關鍵，三十秒後巴德仍然對野雞與兔子的數量茫無頭緒。

老人嘆了口氣，道：「我輸了，有多少頭野雞與兔子？」

聽到老人認輸，夏思思露出滿意的笑容：「野雞二十三隻，兔子十二隻。」

「這到底怎樣計算出來的？」

所有人全都好奇地等待夏思思的講解，他們都被這個新奇的題目引起了興趣。

夏思思解釋：「其實這很簡單啊！首先將腳的總數九十四除以二，這樣每隻雞只有一隻腳，每隻兔子則只有兩隻。如此一來雞的頭與腳的數量便會一樣，而兔子則是一頭兩足。由於腳的總數除二以後有四十七隻，可是頭卻有三十五個。如先前所說，雞的頭與腳的數量是一樣的，那麼四十七減三十五，多出來的十二就是兔子的總數了。」

「哈哈哈！我完全聽不明白。」

「原來如此，先求出兔子的數量嗎？」

「好複雜……」

「我好像有點明白了……待我再想想……」

聽過夏思思的解說以後，有人明白，有人一知半解，有人很乾脆地放棄了。但無論理解與否，皆對少女這奇思妙想的問題感到佩服不已。

夏思思笑道：「巴德博士，現在你應該要把晨曦結晶交出來了吧？它已經是我的東西了。」

老人不爽地從口袋取出一只金光閃閃、以晨曦結晶所打造出來的手鐲，道：「我願賭服輸，妳不用怕我會賴帳！」

夏思思細細打量這經由打賭所得來的戰利品，那是一只非常華美的手鐲，上面雕刻著手工精緻的花紋。晨曦結晶那種純粹得不帶一絲雜質的金色彷如陽光般燦爛，美得讓人移不開視線。即使是一向覺得黃金首飾頗爲俗氣的夏思思，也忍不住要讚歎這手鐲的美麗。

看到眾人著迷的神情，巴德輕蔑冷笑道：「真是一群沒見過世面的土包子！」

夏思思皺起眉，心想這個老人眞討厭。卻見艾莉已老實不客氣地進行反擊，「這可是思思擊敗大名鼎鼎的巴德博士後奪過來的寶物喔！我們當然要好好欣賞清楚吧！」

艾莉的挖苦讓巴德的臉色再度難看了幾分，然而老人卻猶自嘴硬道：「當時我之所以購買這手鐲，只是覺得它的質料特別而已，對來我說，它只是華而不實的收藏品，即使送給你們我也不痛不癢！」

女騎士喜孜孜地笑道：「當然當然。我想即使要對著所有同僚大喊一聲：『各位，我有一件很重要的事情要告訴大家，我剛剛發現原來我是個自視甚高的混帳！』對巴德博士你來說，也絕對是不痛不癢的事情。」

巴德博士這才想起除了把晨曦結晶作賭注之外，他還答應了這樣一個附帶條件，頓時欲哭無淚。

早知如此，他死也不會答應夏思思這個奇怪的要求啊！

□

從巴德的家裡出來時已是一個小時以後的事情了，獸族一直在尋找的晨曦結晶，正作爲賭博的戰利品儲存於夏思思的空間戒指裡。

愜意無比地在陽光下伸了一個懶腰，夏思思問：「我們現在便往石之崖出發了嗎？」

康斯看了看天色，道：「從這裡到石之崖需要大半天路程，再加上石之崖的道路對人類來說比較難走，天黑以後尤其危險。還是等明天一早我們再出發吧！」

夏思思知道現在康斯等人一定歸心似箭，可即使如此他還是說出了這一番話，也不枉少女把他視爲朋友了。

「大哥！」此時，一個充滿活力的少女嗓音從遠處傳來，眾人回首一看，便見安妮遠遠地迎面往眾人揮手跑來。在少女身後，克里斯與莉蒂亞並肩而走，而艾維斯則走在稍後的位置，察覺到眾人視線後，青年向眾人回以一個微笑。

安妮的臉頰因奔跑而變得紅彤彤，臉上是玩得非常盡興的高興笑容。少女撲向兄長懷裡以後，便用著很歡快的語調詢問：「你們的事情辦完了嗎？」

看到妹妹大剌剌的舉動，康斯寵溺之餘卻又不禁苦笑道：「嗯，明天可以出發回石之崖了。」

安妮聞言鬆開了康斯，蹦蹦跳跳地歡呼：「耶！可以回家了！」

聽到安妮的話，夏思思忽然想起傭兵團的一年之約，道：「康斯，你們取得晨曦結晶以後便不用繼續當傭兵了吧？那雷倫特與奧克德他們怎麼辦？你們不是約好一年以後到王城接芙麗曼嗎？」

康斯笑道：「即使不用尋找晨曦結晶，但我與伊達還是會繼續使用傭兵的身分進行冒險，兩者之間並沒有衝突啊！當然，從此以後我們便可以按照喜好來接任務了。而且……只怕我想失約有人也不願意吧？」說到這裡，康斯似笑非笑地看向重新把容貌用面罩遮掩的伊達。

察覺到康斯曖昧的目光，伊達回首瞪了對方一眼。

夏思思笑道：「早就聽說獸族沒有人類那麼多規矩，想不到竟比我想像中更自由，族長也可以任意扮成人類去混傭兵。」

康斯解釋道：「在獸族，族群的首領除了代表全族每月到石之崖開會討論族內事務外，其他時間都是自由的。我們不如你們人類的貴族般擁有那麼大的權力，但相對地也不用揹負太大的責任。當然，找到晨曦結晶以後，我們不用再如此頻繁地出任務，但偶爾與同伴一起外出冒險也不錯啊！」

「說到冒險，和你們一起旅行的日子也不算短，我竟看不出你與伊達的身分。當我知道你們是獸族時，比起得知芙麗曼是個信徒時更令我吃驚呢！」在夏思思心目中，芙麗曼的言行完全不像個合格的眞神信徒，要是說這個世界也像地球般有「財神」的話，她倒是覺得對方會很虔誠……

不過，之後芙麗曼被卡斯帕選上，又比康斯與伊達眞正的身分是獸族更讓夏思思感到驚訝。因爲即使是同樣修煉光明力量的魔法師與祭司，也是有著本質上的分別的。魔法師的力量來自於四周的魔法元素，因此需要依靠冥想來修煉，魔法的強弱也會受到四周元素的濃度所影響。

可是祭司與聖騎士卻不同，他們的力量來自於信仰的神祇，並且經由禱告來吸納神聖之力。能力的強弱並非著重自身的天賦，而是取決於對信仰神明的虔誠度，以及自身的品德。

可以說，一個強大的魔法師可以是個無惡不作的人渣，可是一個強大的祭司與聖騎士即使不是聖人，品德方面也絕對信得過！

這也是為什麼教廷能夠如此受人民愛戴，以及王室能夠容許一個這麼強大的組織設立在國內的緣故。

夏思思不是說芙麗曼不好，只是以女子那種死要錢的性格，少女怎樣看也覺得大祭司的弟子，應該是像埃德加那種一板一眼、憂國憂民的性格才對。

康斯嘆了口氣，道：「其實芙麗曼之所以如此愛財是有原因的。她曾告訴我小時候家鄉發生了水災，她的父母被洪水沖走，後來弟妹都餓死了。要是王城的救援來遲幾天，也許她也會步上她弟妹的後塵。」

夏思思驚訝地睜大雙眼，想不到芙麗曼還有這種悲慘的經歷，隨即少女發現伊達的雙眼也露出震驚的神色，顯然對方也是首次聽說芙麗曼的事情。

只見康斯續道：「聽說直至遇上教她魔法的老師之前，芙麗曼還過了一段非常艱苦的日子，所以她現在之所以如此愛財，大概是因為小時候餓怕了吧？芙麗曼曾經說過飢餓的感覺恐怖得讓人發慌，她往後的人生絕不會再讓自己餓肚子了。」

說到這裡，康斯若有所思地看了看夏思思，隨即笑道：「何況眞神大人不是挑選了思思小姐妳這個會離家出走的勇者嗎？那伊修卡祭司選擇芙麗曼當弟子也不足爲奇吧？」

ch.8 獸族

這一夜，夏思思等人還是選擇租住旅館的房間，只因康斯他們的小木屋根本就塞不下那麼多人。

進入旅館後，夏思思便喚住了正要回房間休息的精靈：「克里斯，有事情想請你幫忙，可以與我談一談嗎？」

獲得白色使者的頷首，夏思思向同伴們笑道：「你們先回房間吧！」

看到夏思思與克里斯於旅館下層的餐室坐下，莉蒂亞忽然詢問艾維斯：「艾維斯哥哥，剛剛玩了一會兒肚子有點餓了，你可以留下來陪我吃點東西嗎？」

聽到小公主的請求，艾維斯微笑著點點頭，怎樣看兩人都是感情很好的樣子。對於莉蒂亞只要求艾維斯陪伴一事眾人也沒有多想，先前小公主與安妮去玩耍時，艾維斯便一直陪同在側，既然如此，那莉蒂亞比較親近他也不足為奇。

艾維斯把莉蒂亞領至與夏思思二人所在位置離得遠遠的餐桌坐下，公主殿下不禁失笑道：「艾維斯哥哥，你不用像防賊般防著我。我承認在學園時我是故意把思思姊姊推在前頭，可是我並沒有惡意的。」

艾維斯挑了挑眉，他想不到這麼快這個年僅五歲的小女孩便看出了他的疑心，甚至還很有勇氣地把他留下來攤牌，無論是心計還是勇敢機智，這個女孩的表現都堪稱妖孽。如果待她再長大一點，手段再完善一點之後，才發生與露絲的爭執的話，只怕連他也無法看穿莉蒂亞的手段了。

這個王室未來的繼承人……不得了啊！

看對方沒有說話，莉蒂亞續道：「當時我確實是故意把思思姊姊推出來，好讓她替我在學園裡立威的。我不希望我的身分曝光，可是露絲的滋擾卻令我煩不勝煩，於是只好出此下策。」

「妳終究是利用了思思。」艾維斯淡淡說道。

「這點我並不否認，可我從沒有傷害她的心思。如果對方是一個承擔不住露絲怒火的平民，我是絕對不會這樣做的，至少這點我希望你能夠相信我。」

艾維斯定定地看進小公主的眸子中，彷彿要藉此審視對方的靈魂。莉蒂亞沒有任何膽怯地與之對視，眼神坦蕩沒有絲毫退縮。

「好吧！其實妳本來不用特意向我澄清的，就衝著這點，我便相信妳一次。」

比。

「嗯！」小公主露出甜甜的笑容，襯以女孩粉妝玉琢的容顏更是顯得可愛無

「那妳還要吃東西嗎？」

「老實說真的有點餓了……」

□

在莉蒂亞向艾維斯攤牌的同時，餐廳的另一邊，夏思思從空間戒指裡取出了一瓶墨綠色的藥劑，道：「克里斯，聽說精靈族被稱爲『森林的寵兒』，你們應該對植物的特性瞭如指掌對吧？這瓶藥劑聽說能夠把魔化後的人類重新變回普通人，可惜由於威力不足，以至效果無法持久，你能夠幫我看看有沒有辦法提升藥劑的效力嗎？」

克里斯對於少女的請求感到有點意外，接過這瓶怎麼看像毒藥都多於解藥的藥劑，青年默默感受著其中從植物提煉出來的各種元素。隨著青年使出探知的自然魔

法，這瓶其貌不揚的藥劑也隨即浮現出一陣淡淡的綠光，四周頓時充斥著一種彷如雨後青草般的清新氣息。

克里斯面露驚訝地道：「好純粹的自然之力！思思小姐，這瓶藥劑妳是怎樣得來的？」

「呃……是一位朋友給我的。只是他把藥劑交託給我以後便離開了，也沒有提及過獲得藥劑的詳情。」

克里斯沉思片刻，問：「他是王室成員嗎？」

少女搖了搖頭，道：「不，他只是名流浪劍士。」

夏思思的話讓克里斯露出愕然的神情，這還是少女第一次在這麼短的時間內看到這名淡漠的青年轉換了那麼多表情。

「思思小姐，我也不瞞妳，如果我剛剛的探測沒有出錯的話，這瓶藥劑有著能夠與我的自然之力產生共鳴的東西。我懷疑它是用生命之樹的樹葉所煉製而成的。」

「咦！」

「生命之樹是我們精靈族繁衍生息、至關重要的聖物，在漫長的時光裡，它的樹葉只有一次流傳在外，那時候還是由我親手送出去的。那一片樹葉應該被菲利克斯王室……也就是現在的安普洛西亞王室珍而重之地收藏著才對。」

聽到克里斯的話，夏思思也忍不住猜測羅洛特與王室的關係了。雖然少女根本一開始就不相信對方說自己是個流浪劍士的這種鬼話，可是卻從沒有往王室方面去想。只因安普洛西亞的王室成員人丁單薄，該認識的少女都見過面了。

想不通的事情夏思思決定先不要理會，待將來有機會再見到羅洛特時再詢問他。「那克里斯你有辦法提升這藥劑的效力嗎？」

青年的臉上閃過一絲猶豫：「方法是有的，不知爲何，對方用來調製藥劑的材料並不完全，如果再補所需的材料並把藥劑重新煉製的話，便可以達至永久的效果了。」

夏思思雙眼一亮，道：「那……」

少女的話被對方毫不留情地打斷：「很抱歉，精靈森林早已不歡迎任何外族進入。」頓了頓，青年補充道：「即使你們讓莉蒂亞出面也一樣。」

夏思思確實想利用小公主與精靈族的關係來說情，聞言只得失望地打消了念頭，一時間完全想不出任何打動對方的方法。

「不過魔族的肆虐將打破大陸上的平衡，我們精靈族也不能坐視不理。這件事情我會盡快通知陛下來定奪的。」

青年的話峰迴路轉，讓本已以為沒戲唱的夏思思再度看見希望。同時也令少女感到很無奈，心想：你說話可不可以一次全部說出來？非要把人嚇得提心吊膽才甘心嗎？

雖然對克里斯那種不痛快的說話方式很有意見，但夏思思還是很識時務地笑得一臉討好，道：「那就拜託你了。」

克里斯點點頭，隨即皺起眉道：「不過很奇怪，製作這瓶藥劑的人為什麼使用的是不完整的生命之樹樹葉呢？」

「不完整？你剛才所指欠缺的材料就是生命之樹的樹葉嗎？」

青年進一步解釋道：「這瓶藥劑的主要材料確實是生命之樹的樹葉沒錯，可是這片樹葉在製成藥劑以前曾被人抽取出樹葉中的精華，這也是為什麼藥劑的效力無法持久。」

聽到這裡，夏思思的雙眼閃過一絲凌厲的光芒。如果她的猜測沒錯，那麼她想，她知道那片生命之樹的精華到底被誰抽取出來，以及用在什麼地方了。

□

一夜無夢，由於獸族急於把晨曦結晶帶回去，天一亮，雙方便離開了旅館往石之崖前進。

進入山崖的範圍後，夏思思證實了康斯果然有先見之明，石之崖所有的建築物都是直接把岩壁鑿空建設而成，連接房屋之間的道路既險峻又沒有防護欄。夏思思相信，如果他們眞的選擇在晚上出發的話，以道路的陡峭程度，絕對走不了三分之一便會以她爲主角上演一幕精彩的空中飛人了。

眾人皆懷有一身武藝，最笨手笨腳的人就要數夏思思與莉蒂亞這兩名魔法師了。可是人家小公主年紀小啊！從頭到尾莉蒂亞都由艾莉等人輪流揹著，根本不用小公主自己走路。

夏思思邊羨慕地看著舒舒服服伏在聖騎士背上的小公主，邊懊惱自己怎麼就不晚出生個幾年呢……

夏思思走了不知多少級石階、流了多少汗水後，終於進入石之崖的主樓。看著一眾獸族面不改色，連汗也沒流一滴的模樣，少女不由得感嘆對方果然不是人，就連體質也像野獸般強悍變態！

已經不知道有多少年沒有人類踏足石之崖了，獸族光是從氣味便能夠分辨出一行人的人類身分。所有看到夏思思等人現身的獸族全都露出驚訝、好奇、疑惑等不同視線。還好人類與獸族雖然一直不相往來，至少沒有與龍族的關係般惡劣。因此這些獸族的視線雖然無可避免地帶著深深的警戒與審視，但並沒有表露出強烈的厭惡與敵意。

當然夏思思也知道完全是因爲他們是由康斯等人領著進來的，因此這些獸族的反應才會這麼平和友善。要是他們眞的打著安普洛西亞王國的旗號貿然進行拜訪，事情會不會如現在般順利就只有天知道了。

在康斯等人的帶領下，勇者一行人很輕易便獲得獸王的接見。獸王名叫凱柏納斯，是一名有著燃燒火焰般橘紅髮色，以及一雙燦爛金色眸子的男子。獸王給人非常穩重的感覺，雖然他對思思等人的態度很客氣友善，可是那身讓人無法忽視的王者氣息，卻總讓夏思思覺得彼此間有著一種無形的隔閡。

雖然身為王者的布萊恩也有類似的氣勢，然而卻遠不及能夠浴火重生、當了不知多少年王者的凱柏納斯來得強大。這是來自於靈魂本質性的差距，即使獸王已盡力收斂這種氣息，但仍會讓人有種天生的恐懼。就像一隻螞蟻遇上大象，即使大象完全沒有要把螞蟻踏死的打算，但螞蟻仍然會本能地不想接近。

唯一能不懼怕這種靈魂威壓的人，就只有來自異世界、同樣擁有強大靈魂的夏思思。

凱柏納斯在看到莉蒂亞時露出了恍然的神情。接過小公主獻上的火鳥羽毛後，獸王那禮貌卻客氣生疏的態度明顯變得親切起來，這讓夏思思忍不住要讚歎布萊恩的先見之明，把莉蒂亞帶來真是太對了！

當夏思思把晨曦結晶交給獸王時，凱柏納斯懷念地說道：「我也曾與同伴們爲了尋找這美麗的金屬而展開旅程，不過這都是很久很久以前的事情了。」

夏思思敏銳地察覺到在凱柏納斯感慨的同時，克里斯那淡漠的臉上露出難得的動容，如湖水般清澈的淡藍眸子彷彿回想到一些美麗事物般，透露著追憶的眼神。這令少女不禁好奇地想，能讓這兩名活得遠比人類漫長的人動容的，到底是怎樣深刻的回憶？

凱柏納斯並沒有責怪康斯自作主張答應勇者等人用碎片交換結晶一事，甚至還對此做出毫不介懷的讚賞。這在人類的社會裡很稀奇，畢竟君主再開明，但越俎代庖的事情是統治者的大忌。果然，獸族沒有人類那麼多的規矩以及尊卑觀念，這種話並不只是說說而已。

獸族信守承諾，獸王凱柏納斯親自帶領勇者一行人來到當初石之崖出現光柱的地方。這場天地異象果然確實是由聖物所引發，剛踏入光柱所出現的區域，無論是奈伊、小妖，甚至是一直隱在少女影子裡沒啥存在感的黑影，都立即敏銳地感受到聖物的氣息。也拜這幾名魔族的幫助，夏思思不費吹灰之力便確定了深埋在崖壁裡聖物碎片的位置。

反倒是要把碎片挖掘出來比較麻煩，不過這個問題在少女付出一些報酬之後，便交給擅於挖掘的鼴族處理了。

不得不說鼴族雖然其貌不揚，然而的確是挖土的能手，歡天喜地地收取了報酬後，不到一小時便把深陷在崖壁裡的碎片取了出來，然後他們還把場地還原，將挖出來的泥石填回去，讓少女忍不住覺得那些金幣真的花得值得了！

□

就在雙方都對這次的收穫感到滿意，而勇者一行人正要向獸王告辭之際，夏思思忽然露出很奇特的神情盯著凱柏納斯良久，隨即少女有點猶豫地說道：「獸王陛下，請問我能否與您單獨談談？」

少女的話一出，頓時吸引了所有人的視線。莉蒂亞這些與少女不相熟的人倒沒什麼，只是單純地好奇勇者有什麼話要單獨與獸王說。可是埃德加等熟知少女性格的人卻顯得頗爲吃驚，畢竟「節外生枝」這個詞語從來沒有在勇者大人的字典中出現過，更何況是由她主動去招惹!?

不過疑惑歸疑惑，在場的都是很識趣的人，在凱柏納斯頷首之後，康斯便以帶領眾人參觀石之崖的名義把所有人帶離現場，將空間留給需要密談的兩人。

待餘下二人獨處時，夏思思說道：「我是應眞神大人的要求把您留下來的。」雖然平常與卡斯帕打鬧慣了，可是少女在外人面前提及對方時，卻會適當表現出對待眞神應有的尊敬，給足眞神大人面子。

凱柏納斯靜靜等待著少女的下文時，不禁猜測那名叫卡斯帕的僞神到底要說什麼。是威脅？求和？還是以另一個謊言來掩飾他的身分？

其實人類怎麼折騰對獸族來說也不是什麼大事，當年他也是無心把眞神的眞面目透露出來。雖然凱柏納斯對人類信奉哪個神明並沒有太大的興趣，可如果夏思思要求他幫忙遮掩的話，以男子的性情必定會斷然拒絕。

在不損害獸族利益的前提下，爲了不引發種族戰爭，凱柏納斯可以默默忍受眞神信徒們的指責。可是這並不代表他喜歡謊言與欺騙，只是身為一個領導者，為了族群的利益他不得不妥協而已。

只見夏思思說道：「真神……不！卡斯帕想要我代替他向你做出一個交代！」

少女的話出乎獸王的預料，他猜想過不同的可能性，卻萬萬想不到真神竟然願意把祂一直死命掖藏著的祕密坦然告之，而且是經由勇者的嘴巴！

也就是說，這一任的勇者……眼前這個少女知道所有事情的真相？她知道自己所侍奉的並不是真正的神族？

不理會獸王的驚詫，夏思思簡略卻條理分明地把卡斯帕的過去娓娓道來。

凱柏納斯聽得非常專注，少女的一番話讓獸王改變了對真神的印象。因為卡斯帕的欺騙而破壞了獸族與人類的關係，因此凱柏納斯對卡斯帕的印象一直非常惡劣。可是聽過夏思思的敘述後，他才知道在少年身上竟發生了這麼多事。就好像有一隻無形的手，慢慢把少年推上名為「真神」的寶座！

凱柏納斯願意體諒故事中少年那無可奈何的處境，也願意原諒對方的欺騙與隱瞞。

他本來就是一個很大度的人，既然明白了對方的難處，自然不會吝惜一句原諒的話語。

在虛空之中忽然出現了一個少年的嗓音，略帶青澀的聲音只是簡短地向獸王說出了幾個字，卻包含著滿滿的感謝與歉意：「謝謝！還有……對不起。」

□

離開了石之崖後，眾人並沒有返回王城，而是在夏思思的要求下停留在英雄鎮裡。雖然少女沒有交代停留的目的，可是本著對夏思思的信任，眾人還是決定聽從少女的要求。

精靈族的動作很快，只守候了一個晚上，眾人便迎來了精靈族的使者。

令人意外的是，這名傳來精靈王意旨的使者並不是精靈，而是一隻鳥！

那隻只有巴掌大小的小鳥速度快得驚人，即使以奈伊的動態視力也看不出牠飛行的軌跡。眾人只覺眼前一花，一隻有著紅寶石般眸子、羽毛幻化著不同色彩的漂亮小鳥已站立在克里斯的肩膀上，雙眼好奇地打量著眾人。

鳥兒小小的嘴喙微張，吐出一聲又一聲極其婉轉動聽的鳴叫聲。克里斯凝神傾聽片刻，便告知了夏思思一個好消息：「經過商討，陛下應允給予你們一片生命之樹的樹葉。另外，三長老的煉藥能力是我們全族最好的，他表示願意幫忙重新煉製那藥劑。」

夏思思聞言忍不住喜出望外。本來精靈族願意提供生命之樹的樹葉已經很好了，想不到對方還體貼地願意幫忙把藥劑完成。雖然夏思思不知道那位三長老的能力，但想必不會差到哪裡去。這些精靈全都是動輒數百歲的妖怪，能當長老的就更加是妖怪中的老妖了，再加上精靈族天生對草藥的天賦優勢，把那瓶藥劑交託給對方，夏思思是很放心的。

「思思，你們在說的藥劑是怎麼一回事？」艾維斯詢問。

由於藥劑有著缺憾，因此夏思思並沒有把藥劑的事情告知同伴。現在事情既然有了眉目，那少女也就不再隱瞞，爽快地把這個好消息告訴大家。

雖然艾莉一直對自己的外貌表現出毫不在乎的樣子，但其實無法正常長大老去一直是艾莉心中的痛。更何況身爲聖騎士的她是名虔誠信徒，被魔族的血液同化心裡又怎會痛快？在得知自己有機會變回普通人類時，素來口齒伶俐的艾莉興奮得喜形於色，激動的心情過了很久才平復下來。

看到艾莉興奮期待的樣子，夏思思心裡不由得一疼。更是暗暗下定決心無論如何一定要幫艾莉袪除身上的魔化！

艾維斯在爲艾莉以及遠在王城的葛列格欣喜的同時，卻想得更多。

伊妮卡是因爲身上的魔族血脈融合了聖物碎片才不得不叛逃，既然這瓶藥劑在重新調製後能夠永久袪除魔化，那有沒有辦法把配方再改良一下，在解除魔化的同時把她身上的聖物碎片一併分離出去？

佛洛德是闇之神行走在世上的執行者，只要拉攏了北方賢者，那無疑是斬斷了闇之神的臂膀！

如果能夠成功，這瓶藥劑將是這場神魔戰爭中人類一方的王牌！

尾聲

藥劑的事情事關重大，正所謂計畫趕不上變化，夏思思等人在獲得精靈族的許可後，立即取消了在出發前議定的行程，選擇先前往精靈森林把事情解決再說。

至於原本預計只到石之崖跑一趟的小公主莉蒂亞則很體貼地提議道：「思思姊姊，我與大家一起去精靈森林吧！這樣你們就不用特意找人護送我回王城了。」小蘿莉那副善解人意的模樣直讓人疼至心坎裡。

既然行程已有了定案，夏思思便決定親自向布萊恩報告，不然對方以爲自己這行人把他的女兒拐走那就糟糕了。

不得不說艾莉的祕銀眞的非常方便，少女把祕銀幻化成久違的銀鏡後很快便與王城取得了聯絡。

聽過夏思思的解釋，布萊恩對於眾人的決定非常贊成，好好勉勵了眾人一番以後，銀鏡映照著的人便換成了卡斯帕。

夏思思忍不住揶揄道：「伊修卡你不是教廷的大祭司嗎？老是往城堡裡跑到底是怎麼回事啊？」以前少年還可以美其名是前來教導夏思思魔法，可現在勇者都不在城堡了，他這個大祭司還眞的把城堡當自己的家嗎？

被學生搶白了一番後，伊修卡也不動怒，逕自悠然自得地說道：「本來我聽從眞神的呼喚，打算顯現一些很有趣的東西給思思妳看的，現在看來是我多此一舉了，也罷，我還是結束通訊好了！」

「老是一人分飾兩角，小心有天會人格分裂！」心裡冒出惡劣的想法，可夏思思的臉上卻一臉的討好乖巧。卡斯帕很少主動要求通訊，能夠讓眞神大人巴巴主動聯繫她的事情絕對值得少女關注，道：「到底是什麼有趣的東西？」

所有人皆露出好奇的神情，這大大滿足了卡斯帕的虛榮心，也就不再爲難夏思思了。只見少年素手一揮，銀鏡頓時轉換了影像。

□

英雄鎭雖然面積不大，但這個曾經埋葬了無數英雄的地方，在民眾心裡有著無可替代的地位。因此一些學術研究或魔法的聚會，偶爾還是會在這個離王城不算遠的小城鎭中舉辦。

畢竟無論是文是武，在一眾英魂安息的地方展現出保衛國家的力量，都有著其他地方無法替代的特別意義。

醉心研究、幾乎所有時間都宅在家裡的巴德博士，一向看不起這些聚會，可今天他因某些難以啓齒的原因而不得不參與。

學術界的圈子說大不大，說小卻也不小，有時候這種圈子比武者更注重彼此間的實力與地位，即使巴德鮮少與其他學者交際，但他的實力在學術界仍是廣爲人知。

對於巴德的出現，一眾學者都感到非常驚訝。老人雖然名成利遂，可他的人緣並不好，一些學者皆生疏地向巴德打個招呼後便不再理會他。

這狀況放在以前巴德也許會很生氣，可現在老人都快因將要來臨的事情而糾結死了，自然沒有多餘的心力來理會別人對待他的態度。

巴德自問並不是個拖拖拉拉的人，可這次他一直拖至聚會都快結束了也無法鼓起勇氣行動。直至一名同樣來自王城、與巴德有過幾面之緣的學者忍不住詢問：

「巴德博士，你的臉色很差，是身體不舒服嗎？」

只見巴德的神色變幻了好一會兒，忽然霍地站了起來，道：「各位，我有一件很重要的事情要告訴大家……」

所有人全都屏息凝氣地看向巴德，心裡皆在猜測對方如此凝重到底想說什麼。

「原來、原來我是個自視甚高的混帳！」雖然覺得難以啓齒，臉上更是火辣辣的燙，但巴德還是一咬牙把作爲賭注的後半段話說了出來。

全場靜默。

過了很久，一個嗓音打破了寂靜，道：「我知道啊！」

有人帶頭了，場面立時哄亂起來：「原來你現在才察覺到嗎？」

「誰不知道你喜歡用鼻孔看人啊？我們在私下都叫你作『鼻毛怪』。」

「對對！你一仰頭鼻毛便變得特別清楚……」

□

看著銀鏡所映照出的混亂場面，所有人都傻眼了。

那些總是一臉清高、道貌岸然的學者，原來全都是性情中人啊……

夏思思摸了摸下巴喃喃自語道：「先前還覺得用這個作爲附加的賭注有點浪費，現在看到那麼精彩的一場戲，値了！」

所有人敬畏地看向一臉興高采烈的夏思思，想要一世平安，果然首要條件就是要小心別得罪勇者大人啊！

自稱和平主義者的夏思思也許不會直接把人弄死，但絕對可以讓他生不如死！不見巴德博士連想死的心都有了嗎!?

《懶散勇者物語・卷七》完

SIDE STORY
聖與魔

天朗氣清的一天，森林中雀鳥的歌聲此起彼落，微風帶有些許的涼意。清晨的陽光越過了樹木的枝椏，於大地上灑落點點金光。

卡羅琳村位於這座美麗的森林旁邊。這是個自給自足的小村莊，居民人數不足五百人，平常皆以耕種及狩獵維生，村民鮮少離開村莊，同樣地，這個頗爲封閉的村落也很少出現外來者。

在一片明媚的陽光中，一輛馬車越過森林，靜靜出現於村莊那用泥巴與碎石所鋪成的粗糙車路上。

「是杜林祭司！」

道路兩旁是漫山遍野的農地，正在忙碌耕作的村民聽到馬車行走所發出的聲響後，全都好奇地探頭張望。視線投至駕車的青年身上時，村民全都露出了欣喜的笑容，並且不約而同地放下手上的工作，上前對來者做出熱烈的歡迎。一部分人則是跑進村莊內，把杜林到來的消息通知所有人。很快地，一些村內玩耍的孩子以及正忙於家務的婦女們全都加入了歡迎的行列，頓時將馬車圍得寸步難移。

這個名叫杜林的祭司年紀很輕，是名相貌平凡的溫厚青年。面對村民們多年來從未減退過的熱情。這個溫和的祭司靦腆地紅了臉，並回以村民同樣愉快的笑容，道：「各位，好久不見了。」

杜林是在十五歲外出遊歷的時候，無意間發現到這座連地圖也沒有標示的村莊。當年他還只是一名見習祭司，旅行經驗不足的他進入森林後不久便迷路了。結果禍不單行，迷路的途中杜林遇上了數頭低階妖獸，若不是外出狩獵的村民發現了受傷的他，青年只怕早已成爲一堆白骨。

然後杜林驚訝地發現到整座村莊竟然沒有祭司的存在！村民受傷生病時只懂得吃一些恢復體力的藥草，很多時候起因只是輕微的病痛，卻因處理不當終至斃命。

於是杜林在養傷期間便教導村民一些基本的藥物運用與急救處理，更允諾每年至少會來這兒一次，治療一些病重的病人，以及教導眾人新的醫療知識。

起初杜林只是爲了報答村民的恩情，然而隨著與眾人的接觸，青年漸漸喜歡上村莊純樸的風氣；同時杜林不計回報的幫助，也獲得了全村上下真心的愛戴與尊敬，造成這名年輕祭司在村中擁有極高的發言權，就連村長也以他馬首是瞻。

「杜林哥哥，這次有沒有禮物給我們？」一群孩子仗著體積小，在人牆的狹縫中左穿右插地來到了青年的面前，仰起一張張小臉，開口便討起禮物來。

杜林笑著拍了拍身後的馬車車廂，道：「當然不會忘記給你們帶禮物。嗯？里奧呢？」

村落並不大，青年早就認識了村裡所有孩子，並且與一個擁有先天性心疾的男孩特別要好。這名叫里奧的孩子只有六歲，自小心臟便不好，卻偏偏活潑好動又愛搗蛋，令眾人頭痛得不得了。

每每看到孩子因罔顧身體狀況到處亂跑最終弄得病發，杜林又是生氣又是心疼。聖光無法根治先天性的疾病，只能讓孩子病發時稍微好過一點而已。說白一點，就是里奧隨時可能因心臟病發而死亡。因此杜林總是對這個孩子特別在意，特別關懷備至。

「里奧？不知道呢！」

「剛剛我看到他與珍妮在一起。」一名胖胖的男孩說道。

眾人隨即把視線投放至只有四歲的小珍妮身上。被那麼多人注視著，珍妮略微緊張地答道：「里奧說要進森林探險，問我去不去。我說媽媽不許我進森林，他說我是軟腳蝦，然後就走了。杜林哥哥，什麼是軟腳蝦？」

眾人神色一變。難怪不見那小傢伙的蹤影，平常這孩子可是最黏杜林的，只要青年一出現，里奧必定會第一時間聞風而至。

「那個混帳小鬼！最近森林很不太平，除了經常有野獸出沒外，偶爾還會發現妖獸的蹤影，不久前布德才剛遇上了巨熊吃了點小虧，里奧這小子眞是不知死活！」聽到里奧竟然一個人偷偷走進了森林玩耍，村民全都方寸大亂，夾雜著關心與焦慮的責罵聲更是此起彼落。

杜林聞言嚇了一跳，道：「布德他沒事吧？」

「那傢伙啊！皮粗肉厚的，傷口雖深卻不礙事。那還要感謝杜林祭司你先前教導我們的急救處理呢！要知道以前有很多村裡勇士的死因並不是因爲傷勢，而是死於傷口的感染。」看見青年滿臉擔憂，一名老人立即搶著回答，看向杜林的目光有著最眞摯的尊敬與感謝。

「不，相較於當年你們解救了我的恩情，那根本就不算什麼。」杜林謙虛地說道，心中仍掛心男孩，「事態緊急，我們立即召集壯丁進森林搜索吧！唉，只希望里奧不要出什麼事情才好。」

□

全然不知道村莊正因爲自己一時興起的行動而混亂起來，里奧一雙閃現著好奇的眼睛機伶地東張西望。這還是孩子首次深入森林，無論看到什麼都覺得很好奇。

里奧卻不知道只有村莊裡最爲強壯，並且經驗豐富的獵人才會深入森林，尋常獵戶只敢遊走在森林邊緣狩獵而已。只因愈是往內走，樹木便長得愈是茂盛，同時林間的光線便相對變得昏暗。黑暗而沒有人氣的森林，可是妖獸非常喜愛的生存環境。

正所謂初生之犢不畏虎，全然不明白森林裡潛藏著危險的里奧，雖然沒有隱藏氣息與足跡的心思，可一路上卻安安穩穩的，竟然走了足足半小時都沒有遇上任何危險，運氣可謂好得不得了。

「嗯？有人？」孩子瞇起雙眼，想要確認剛才遠遠看到的身影是否是自己的錯覺。

「沙沙」的聲音從高大的灌木叢中傳出，並且逐漸往孩子的方向接近。若此刻身處森林中的是經驗豐富的獵人，在發現任何風吹草動之時，早就隱藏起自己的身影及氣息，絕不會像這名小菜鳥般呆呆地站在原地，甚至還主動往傳出騷動的灌木叢走去。

萬一從草叢中撲出一頭野獸，全沒防範之心的孩子必定連閃避的機會也沒有，瞬間便死在野獸的利齒下。

還好里奧的好運氣依然持續，一隻修長而有力的手撥開了生長得過於茂密的枝椏，隨即一名長相俊美、擁有罕見黑髮黑眼的青年從後探頭而出，有點訝異地垂首與面前的孩子大眼瞪起小眼來。

青年還沒來得及開口說些什麼，里奧這個村莊裡的孩子王已經雙手扠腰，囂張無比地質問眼前的人，道：「你是什麼人？在森林裡做什麼？」

黑髮青年愣了愣，竟然沒有面露任何不悅，乖乖地回答了里奧的質問：「我名叫奈伊，是來這兒拿水的。」說罷，更揚了揚手中的水囊，展現話裡的真實性。

從青年的態度中，里奧所感受到的是一種平等的尊重。看到這個名叫奈伊的黑髮青年並沒有如一般成年人般，因爲自己是個孩子而小瞧自己，這讓里奧對眼前的陌生人生起了一絲好感。

這機伶的孩子更察覺到當奈伊說出自己的名字時，一雙黑曜石般的美麗眸子便會浮現出溫柔的笑意，彷彿從中想起了一些難以忘懷、觸動到他內心最柔軟地方的美好事物。

「你只會說廢話嗎？誰理會你是不是來取水的。我是詢問你進入這座森林的目的！」里奧這個孩子王向來牙尖嘴利，加上村民憐他病弱總會讓他三分，以致這孩子小小年紀便養成了說話不饒人的個性。即使面對著初次見面的陌生人，這囂張的性格仍是沒有絲毫轉變。

奈伊向來對孩子特別友善，除了喜愛他們的純真可愛外，也由於孩子對他來說是一道美麗的橋梁。

在封印著他的洞穴中，把夏思思帶到了他面前的橋梁。

因此奈伊對任何孩子都有著發自內心的喜愛與包容，面對里奧氣死人不償命的態度，青年還是一如往常般笑咪咪地答道：「目的啊……我是路過的。」

奈伊沒被這孩子的態度氣死，里奧卻快要被眼前的青年那無厘頭的回答氣死了！怎麼這個人說話總是說不到重點？難道他解釋得詳盡一點會死嗎？很累……與這個人說話眞的很累……

爲免自己被活活氣死，里奧理智地不再在對方的身分與目的上多作糾纏，他道：「算了……反正看你這副呆呆的模樣也不像惡人……別說我不告訴你，這附近並沒有湖泊與河流，我們都是在村莊的水井打水的。」

奈伊深邃的黑眸頓時一亮，道：「這麼說，你願意帶我進村莊補給一點食水嗎？謝謝你！你人眞好！」

毫不掩飾的感謝殺得孩子措手不及，這讓里奧有點惱羞成怒了：「別那麼輕易向人說謝謝！」

奈伊疑惑地說道：「可是思思說過，感謝的心情除了要好好記掛在心裡以外，還要坦誠地說出來。這麼一來，除了能確實表達出感謝的心意，對方也會很高興的。」

「……還眞是了不起的教育，你口中的思思是你的母親？」

「思思是我的主人。」男子笑得很燦爛地回應。

「……」

里奧被震驚到了。

主人？什麼主人？就是說奈伊與思思的關係，就像是爸爸與奇摩（獵犬）的關係嗎？

也就是說，這個男人只能睡在屋外，喊他的名字時會立即跑過來，還有只能吃大家吃剩的骨頭囉？

里奧眼中的囂張頓時被憐憫所取代，立即很有義氣地拍了拍心口，道：「放心！有我帶著，包準你能把水囊裝得滿滿的！」

「謝謝你。」

里奧還是不太習慣對方這種鄭重的感謝，有點羞澀地搔了搔臉。他發現眼前的青年很單純，比自己更像一個孩子，「眞好奇你從什麼地方來的。」

奈伊笑道：「從很遠的地方。」

「……」補充，這個男子很單純，單純得讓他想暴打一頓！

□

同一時間，以杜林爲首，一眾村民正深入森林尋找失蹤的孩子。杜林凝神感應著四周的元素波動，溫和的笑容逐漸從臉上褪去，取而代之的是凝重與肅穆。「是魔族！而且階位還很高。我們的動作要快一點了！大家保持警戒前進，必須盡快找到里奧！」

就如同魔族對人類的惡意異常敏銳，身爲眞神的信徒，祭司對黑暗元素也有著驚人的感應力。更何況杜林是年僅六歲便成功正式晉升爲祭司的天才，成爲祭司後，也從沒忽略過自身的修行，被譽爲最有可能接任教主位置的傑出才俊。

就在杜林感應到奈伊存在的同時，與里奧閒聊著的奈伊倏地抬頭道：「嗯？似乎有人進來找你了，人數似乎還不少。」

里奧疑惑地眨了眨眼，不明白奈伊是怎樣得知這些事情的。然而小孩子終究思想單純，既然想不通也就沒有多花心思去思考，轉而為村民的到來而氣惱不已：「他們來這兒幹什麼？必定是要把我抓回去吧？真煩人！」

看了看身旁滿臉不耐的里奧，奈伊淡淡說道：「思思說過，永遠不要因別人出自於關懷的舉動而覺得不耐與反感。」

里奧愣了愣，細細回味了男子的話以後，孩子便羞愧地垂下了頭，道：「我知道，你說的話我全都明白。只是、只是……從小到大，他們因為我體弱多病的關係而緊張得不得了。不許我跑、不許我與其他孩子玩耍，也不許我幫忙工作。同年的孩子不是開始幫忙耕作，就是跟隨父親在學習狩獵的技巧了，就只有我一人被大家排除在外。雖大家都安慰我說沒關係，不能幫忙也不要緊，他們只想要我健健康康地成長，可是我討厭這樣！我要證明給大家看，我並不是廢物！他們辦得到的事情我也同樣辦得到！他們能夠進入森林，我卻能比他們走得更遠！」

「所以你其實並不是貪玩，而是想要證明自己的勇氣與實力，這才瞞著家人偷偷跑了出來嗎？」奈伊恍然大悟。

看到孩子黯然點了點頭，青年嘆了口氣，也不知道該怎樣安慰他才好。最終奈伊猶疑片刻後便伸出了手，笨拙地摸了摸里奧的頭，道：「乖乖，你是個好孩子，快點回家吧！」

里奧被男子這種摸小狗的動作嚇到了，拍開了奈伊的手。孩子氣鼓鼓地抗議道：「拜託，我已經六歲了，不是一歲。你這舉動對我沒用的，還是留下來哄三歲以下的小娃娃吧！」

奈伊疑惑地放下了手，道：「可是思思每次稱讚我的時候都是這麼做的，我也覺得很高興啊。」

里奧瞬間囧了，似乎男子先前所說的「主人」，並不是嘴巴上說說而已，而是眞有其人！

「你不用安慰我了，我根本沒有被稱讚的理由。他們都說我是頑皮的搗蛋鬼，並不是你所說的乖孩子。」里奧撇了撇嘴，對奈伊的話不以爲然。

「大家都很擔心你。」奈伊很認眞地說道：「能被同伴們如此眞心關懷的人，必定是一個善良的好人，這是……」

「這是思思說的，對吧？」孩子翻了翻眼，沒好氣地說道。

被孩子搶著說出了想說的話，奈伊也不生氣，只是尷尬地笑了笑。見狀，孩子忍不住「噗哧」一笑道：「不過，我開始期待會一會你口中的思思了，感覺上是個不錯的人。」

奈伊聞言，立即雙眼一亮，喜悅的神情就像是拚命想要炫耀手中珍寶的孩子：「對對！聽我說聽我說，思思她啊……」

「里奧！遠離那個人！他是化爲人形的高階魔族！」一聲呼喝聲忽然從遠處傳來，隨即迎面而來的便是一顆聖光彈，從聲音來源的位置，以高速射向正在對話著的一大一小！

身體的動作比大腦思考來得快，奈伊單手把身旁的孩子撈起，往後一躍便俐落地避開了迎面而來的攻擊。

從草叢處走出了一大群男子，領頭的人正是備受村民愛戴的祭司杜林。奈伊一切舉動只是出於自然反應，並沒有任何特別企圖，可是看在杜林的眼裡卻變得不同了。

聖光彈是專門對付闇系生物的光明魔法，對人類不會造成絲毫傷害。奈伊特意把孩子抱走的動作，到了杜林的眼中便成了綁架孩子作人質的卑鄙舉動。

「可惡！」投鼠忌器的眾人想上前卻又要顧忌著里奧的安全，進退不得的他們全都露出憤怒又不甘的神情。至於被眾人怒瞪著的邪惡魔族，則是在安穩著地以後便滿臉疑惑地與村民對望了好一會兒，接著才想起自己還抱著里奧，彎下腰便想要把孩子放下。

然而，就在奈伊彎下腰之際，里奧卻伸手緊抓住對方的衣袖，示意奈伊不要把他放回地上。

對上男子疑惑的視線，里奧以旁人聽不到的聲量小聲詢問：「你眞的是魔族？」

奈伊愣了愣，想到夏思思千叮萬囑不能洩露身分的吩咐，頓時感到一陣惶然。把青年不知所措的神情看在眼裡，里奧猶疑片刻，便下定決心地說道：「算了，雖然別人都說魔族很壞，可是我滿喜歡你的。聽著，剛才攻擊你的人是杜林祭司，他很厲害的！你裝作把我抓來當人質，然後快點逃吧！」

訝異地瞪大一雙漆黑的眸子，奈伊這才醒悟到里奧正千方百計地想要在祭司的手中保全自己，心中不禁感動不已。

領受了孩子的好意，奈伊抱著懷裡的孩子，一雙漆黑的眸子打量著那名長相平凡、正一臉警戒著他一舉一動的年輕祭司。

這個名叫杜林的年輕祭司的確稱得上是天才，奈伊在王城遇見過的祭司也不少，可是除了大祭司伊修卡以外，沒有任何一個祭司身上所擁有的聖光量能蓋過眼前的青年！

體內蘊含著如此豐厚的聖光量，面對低階妖獸只怕杜林什麼也不用做，光是釋放出來的聖光便足以把敵人淹沒了。

然而其他魔族怕他，不代表奈伊也有同樣的顧忌。也許是因爲青年把忠誠奉獻給勇者夏思思的關係，對於聖光，奈伊這個魔族卻擁有奇異的抵抗力，這一點在亡者森林那時早已獲得實例證明。

對奈伊來說，被譽爲闇系生物的剋星，單純以聖光作武器的祭司，攻擊力還不如一名普通的武士。

當然，這只是建立於奈伊這名魔族是個不畏聖光的怪胎之上。若是其他魔族遭遇上祭司，即使不死也絕對會脫層皮！

面對杜林，奈伊固然不怕，但卻不代表他就沒有其他顧忌的地方。

萬一兩人大打出手，身爲祭司的杜林倒還好，可是四周都是一些沒有自保能力的村民，萬一一個不愼誤傷他們便糟糕了。對於普通人，魔族所造成的傷勢是能致命的劇毒，奈伊並不希望因爲一場誤會而讓村民出現傷亡。既然挾持人質能夠免除一場戰鬥，那何樂而不爲呢？反正身爲魔族的他在這些人的眼中早就是十惡不赦之徒，即使再多一項罪名也沒什麼關係吧……

可以說奈伊挾持里奧的主因並不是因爲他怕了杜林。相反地，奈伊完全是顧忌杜林那邊出現傷亡才這樣做。若是那些殺氣騰騰的村民知道奈伊此刻的想法，他們的表情必定精彩得很。

看著男子作勢彎腰把里奧放下，卻又在眾人正要放下心頭大石之際，再度把孩子抱回懷裡。這些舉動讓村民無法感受到絲毫善意之餘，更令眾人誤認爲這連串的動作根本就是在耍他們！

雖然很生氣，可杜林還是選擇以里奧的安全為優先。無論感到多屈辱與憤怒，只要孩子一刻仍在對方手中，青年祭司便投鼠忌器不敢妄動。

無奈又抱歉地深深看了村民與祭司一眼後，沒有絲毫戰意的奈伊正要撤退，卻在轉身的瞬間神色大變，氣急敗壞地低吼：「小心！大群妖獸正高速往這個方向前進，至少三十頭以上！」

奈伊的話一出，眾人頓時譁然。

「別再玩小動作了，快點把里奧放開！」杜林略顯冰冷的嗓音傳出，淡淡的語調很快便安撫了村民的情緒。

青年壓根兒就不相信奈伊的話。這也不能怪杜林，明明前一秒奈伊仍是以敵人的身分脅持著孩子想要逃走，下一秒卻又像是站在同一陣線的同伴似地做出警告。無論任何人，對此抱持懷疑與不信任才是正常的反應。

看到眾人動也不動，全然沒有離開的意思，奈伊快要急死了。妖獸的速度很快，不出一分鐘便已進入戰鬥的範圍。

嘆了口氣，奈伊知道此刻即使村民要走也已經來不及了，一場惡戰是無可避免的事情了。把孩子放下，奈伊使出魔力凝聚成一把漆黑的刀刃，美麗而深邃的墨色眼眸中漸漸浮現出令人驚悚的殺意。

奈伊的連串動作讓杜林的警戒與敵意達至頂點，拚命吸納四周的光之元素；以致於杜林的身體竟浮現出肉眼可見的淡淡光芒，把祭司獨有的神聖氣質襯托得更為出眾。身旁一些意志較為薄弱的村民，甚至生出一種向青年下跪膜拜的衝動。

就在杜林集合了大量聖光，正想向奈伊下手之際，妖獸的咆哮讓青年停下了攻擊，一臉震驚地看向聲音來源處。

直至此時，杜林才知道奈伊並沒有騙他，可惜一切已經太遲了。早就在他們無視對方的警告之時，便已錯失了離開的好時機。

隨著由遠至近的咆哮聲，眾人很快便得以看到妖獸的盧山眞面目。這群來襲的妖獸外型像豹又像狼，頭上長有三支醜陋的肉角，四肢異常發達且速度驚人。牠們並沒有給予杜林以及村民太多後悔的時間，這些凶猛的妖獸顯然是餓瘋了，即使看到滿身聖光的杜林和位階遠遠超過牠們的奈伊，也只是猶疑了片刻，隨即便不顧一切地攻向驚惶失措的村民。

「里奧，緊跟著我，別離開我身邊！」凝重地交代了聲，奈伊揮刃往身旁的妖獸斬去。震驚於奈伊的舉動，杜林差點被迎面而來的妖獸咬個正著。還好青年本就儲存了大量聖光，見機又快，及時發放出聖光護身，這才避過了這致命的危機。

低階妖獸雖然靈智未開，然而在本能驅使下，攻向奈伊與杜林的妖獸並不多，十居其九都是向村民下手，專挑軟柿子來吃！

這次跟隨杜林進入森林的村民共有二十六人，全都是村中數一數二的出色獵戶。面對瘋狂凶猛的妖獸暫時仍能自保，只是時間一長的話便顯得岌岌可危。

在杜林與奈伊擊殺了數頭妖獸後，村民便發現到兩人的身邊是最爲安穩的安全地帶。可惜對於身分爲魔族的奈伊，眾人是躲避他都來不及，除了里奧以外，誰敢接近？

很快地，戰場中便出現了眾村民眾星拱月地圍繞著祭司打轉的有趣情景。不受村民歡迎的奈伊見狀，還真有點小小地被打擊到了……

仔細一看，村民自發性地把受傷的人安放在貼近祭司的位置，此舉除了看出這些村民的確是經驗豐富的獵戶外，也顯示出他們善良純樸、守望相助的特質。

眼看受傷的人愈來愈多，杜林焦慮不安卻又無可奈何。身爲祭司的他很清楚魔族的攻擊都是帶有毒性的，即使低階妖獸所蘊含的毒性不強，但仍會嚴重影響中毒者的動作，時間拖得愈長，對戰況便愈是不利。

雖然杜林可以一口氣發出濃烈的聖光將所有妖獸消滅，可是如此一來，力量耗盡的他便會隨之陷入昏睡。在場的敵人除了這些妖獸外，還有一名態度曖昧的高階魔族在旁虎視眈眈，而這裡唯一能夠制衡對方的人，就只有他。

「這樣下去也不是辦法。你們分一半人數過來我的身邊吧！」就在杜林焦慮不已之際，奈伊說話了。

現在任何人都看得出里奧根本就不是什麼人質，看到孩子像小雞似地主動跟在那名魔族身邊，還哪有絲毫人質應有的樣子？加上青年先前善意的警示，還有此刻的邀請，這名高階魔族似乎完全沒有身爲魔族的自覺啊……

里奧最直接，他道：「你是小時候不小心被打中了頭，直接傻掉了吧？」

孩子鄙視的表情很明顯。可惜，再有殺傷力的言語從一個六歲小孩口中說出來，那就不是可恨，而是可愛了。結果惹得奈伊在力抗妖獸的同時，還忍不住抽空

伸手摸了摸孩子的頭。

杜林因奈伊的善意而苦惱不已。

這個男人到底明不明白，身爲魔族的他與祭司是天敵，是該拚個你死我活的關係啊!?

青年自知單憑自己的力量無法保護所有村民，可是卻又不願把眾人的性命交託給魔族。萬一這是陷阱呢？世上眞的存在著對人類懷有善意的魔族嗎？

杜林不期然地想起，在不久前，教廷曾發報了一個讓人震驚不已的消息——勇者夏思思的身邊跟隨著一名魔族護衛！

這消息頓時引起眾人譁然。抱持觀望態度的人佔大多數，反對的人也不少，卻沒有多少人能心悅誠服地接受教廷那則把那名魔族護衛視爲同伴的命令。

猶疑片刻，杜林最終仍是搖首說道：「抱歉，我的確很想相信你。然而我只是個普通的祭司，無法如勇者夏思思般有著把性命託付給魔族的勇氣。也許我這個決定是誤會了他，可是我不得不對村民的性命負責。」

村民全都以杜林馬首是瞻，對於青年的決定，他們是無條件地信任與支持。即使好幾名村民明顯對奈伊的建議表現出心動的神情，卻完全沒有出現反對的聲音。

里奧在聽到杜林說出「勇者夏思思」這五個字時霍地抬頭，一臉複雜地看向正在皺眉的奈伊，神情變幻莫測，也不知道正在想著什麼。

奈伊也明白人類與魔族交惡已久，青年的身分更是來自教廷的祭司，回以這個答覆已經是很客氣了。換作是其他忠於教廷的人，只怕才不理會對方是否有惡意。只要對方是魔族，便先出手滅了再說！

奈伊不禁嘆息，要是埃德加他們在這兒就好了。聽說聖騎士在教廷的地位不比祭司低，說話也很有分量，要是有埃德加這名聖騎士長作擔保的話……

「啪！」奈伊忽然伸出手用力拍了拍額角，臉上的表情變得很怪異。

「奈伊，怎、怎麼了嗎？」里奧被對方的動作嚇了一跳。此刻孩子的小命全仗奈伊才能保住，對於青年的異狀里奧自然緊張無比。

「我眞是笨！竟然完全忘記了瑪麗亞送給我們的通訊別針！」男子小聲責罵了自己一聲，便迫不及待地把魔力灌注往領口上的小別針裡。

□

「所以說，隊長啊……能不能想想辦法？」

「……」

「隊長，你是聽不到還是故意不理會我？」

「……」

「隊……」

「別『隊長』了啦！你們不覺得煩，我都快被你煩死了。凱文，你不覺得要求埃德加主動關心一下奈伊，這個主意本身就已經很不可思議了嗎？」

「我有什麼辦法？這次奈伊的反應實在太奇怪了。思思出走後他不吵不鬧，這未免反常得過分。現在去取一點水卻一走便沒有消息，說不定正躲在什麼地方哭呢！哎……眞煩！爲什麼這種時候思思不在呢？」

這句話剛說完，不論是說話的凱文還是身旁的艾維斯，都不約而同地猛然往後看。

根據以往的經驗，他們每次說及思思的名字時，奈伊便會立即像是條嗅到獵物的獵犬般敏銳地衝前，然後「思思呢？思思在哪兒？」地問，只差背後沒有一條瘋狂搖擺的尾巴。

可惜這次兩人要失望了。回首後看見的依舊是寧靜的森林景色，完全看不到往常總會飛撲出來的身影。

見狀，兩名青年繼續竊竊私語。

「不對勁！真的很不對勁！」

「聽說遭到父母遺棄的孩子，心理會因陰影與壓力而形成嚴重創傷。以前在亡者森林的時候，就有不少孩子是這樣。這些病倒的孩子全都活不過冬天呢！」

「不會吧？被思思遺棄又不是第一次了。先前奈伊前往冰雪王國的遺跡時，也沒聽說過他有這種狀況啊！」

討論得益發熱切的聲音忽然靜止。

領先走在前頭的埃德加無聲地拉了拉手中的韁繩，聖騎士身下那匹從西方要塞借來的戰馬果然不凡，只是一個小動作便已俐落地回頭，姿勢安穩又漂亮。

只見埃德加緩緩來到凱文面前，並一言不發地向男子伸出了手。

盯著自家隊長的手掌，凱文傻傻地眨起眼來……

咦？隊長的動作是什麼意思？難道他想和我握手嗎？

來自腰部的輕微撞擊成功制止了凱文亂七八糟的思緒，艾維斯收回了撞向對方腰間的手肘，小聲地在男子耳邊說道：「笨！瑪麗亞小姐的通訊別針啊！」

凱文這才恍然大悟，立即把身上的別針交到埃德加手中。

這些珍貴的鍊金術小玩意在瑪麗亞的工作室內便有數十枚之多，只是全都存放在夏思思的空間戒指中，所以埃德加那一枚別針在迎戰妖獸時不幸損毀後，便只能借用凱文他們的來通訊了。

見埃德加默然地把別針接過，凱文揉了揉眼睛，難以置信地說道：「天呀！隊長該不會眞的想要關心一下奈伊吧？眼花眼花！一定是最近太累所以產生出幻覺了！」

「你沒有眼花，因爲我也看到了。」一手拍掉凱文用來蹂躪雙眼的手，艾維斯有點感慨地說道：「埃德加雖然外表冷冰冰的，但其實是個外冷內熱的人。糟糕，我有點感動了呢！」

看到埃德加把魔力注入別針裡，兩名青年立即閉上嘴巴，全神貫注地緊盯著事態的發展。畢竟聖騎士安慰魔族的戲碼並不是經常能夠看得到的，更何況那名聖騎士還是素有冰山之稱的埃德加！

在兩人的注目下，埃德加對著連接上彼端的別針冷冷地說道：「奈伊，你在哪兒？現在早已超過了我們所定下的集合時間，要知道這種毫無紀律性的態度是最要不得的。我希望你好好注意一下！」

頓時一陣冷風吹過，冰山果不愧爲冰山，短短數句話便把身後兩名偷聽得興高采烈的青年凍結成冰塊……

隊長啊啊啊!!我是請你關心一下奈伊，不是叫你去責備他啊！

凱文欲哭無淚地用雙手摀住了臉，此刻聖騎士只覺得要求隊長主動去關心奈伊的自己，絕對是一個白痴！

通訊的另一頭，剛好正想利用別針求助的奈伊驚訝地瞪大雙眼，一時間倒不知道應該回應什麼才好。

老實說，在所有同伴中，奈伊最不會應對的人絕對要數埃德加。這名聖騎士從最初在城堡相遇時起，已毫不掩飾對自己的敵意與顧忌。加上埃德加性格本就冷漠寡言，更令兩人之間多了一層隔閡，無法如其他同伴般親近。

那時候奈伊只是略懂人性，思想仍很單純，對於埃德加的態度並未太在意。其後又因有夏思思一直充當橋梁，以致奈伊早就把兩人的不協調拋諸腦後。

此刻收到來自聖騎士長的通訊，奈伊這才驚訝地發現兩人之間的交集其實少得可憐，埃德加主動找他說話的狀況更是少之又少。

身為對人類感情異常敏銳的魔族，奈伊很清楚對方的一番話雖是充滿了責備的語句，可是卻不是真的生氣，甚至還透露出淡淡的關懷與擔憂。

心頭一暖，奈伊立即道歉道：「抱歉，我遇上一點麻煩，需要大家幫忙。」說罷，奈伊便把村民以及妖獸的事情向眾人簡略交代了一遍。

眾人被奈伊的精彩遭遇嚇了一跳。只是出去取點清水而已，他竟能遇上那麼多事情，實在是太天才了吧？

「天啊！你早就該聯絡我們了！」

游刃有餘地閃過一頭妖獸的攻擊，奈伊無奈地苦笑：「仍未習慣使用瑪麗亞小姐的鍊金產品，一時間想不起它來。」

「……」眾人無言。

「奈伊，你現在在什麼位置？我們立即趕過去支援。」艾維斯總能瞬間便掌握到事情的重點。

「到處都是樹，我不知道現在在哪兒了。」奈伊委屈地回答。

「……」眾人再度無言。

埃德加頭痛地揉了揉額角，果然放奈伊出去取水是錯誤的！

凱文好奇地詢問：「那麼前幾次你在取水之後，是怎樣回到集合地點的？」

「我能夠感受到你們身上的光明力量，從而知道大家所在的方向。可是此刻身旁有一名滿身聖光的祭司在，對光元素的感應便被他所掩蓋掉了。」

艾維斯無奈地嘆了口氣，道：「奈伊，你把那顆閃光球忘記了吧？那可是思思爲了無法發出光系魔法的你，特意要求瑪麗亞博士煉製的。這小東西可以發出媲美太陽的光線，你把它射向上空，我們便能知道你的位置了。」

與同伴的通訊結束後，奈伊隨即孩子氣地苦起了一張俊美的臉龐。

只因四周都是高大茂密的樹木，唯一能看見天空的地方足有百步之遙。奈伊只要稍微離開戰圈，受他牽制的妖獸只怕立即便會趁虛而入，集中戰力瘋狂攻向岌岌可危的祭司與村民。

「奈伊，你們所說的那顆閃光球我能不能使用？」一直安靜地把所有對話盡數聽進耳中的里奧，看出對方的遲疑，竟然勇敢地毛遂自薦。

奈伊凝重地皺起了眉，道：「可是，你的身體……」

「沒事的！也許奔跑過後會很不舒服，需要休養一段時間，可是這點距離我還可以承受。」

奈伊沉默片刻，便把閃光球交至男孩手中。

筆直地看進孩子那雙充滿堅定的眸子裡，奈伊很認真地說道：「里奧你知道嗎，你根本就不用特意進入森林來證明什麼，也不用拿自己與別的孩子做比較。堅定不移的意志，以及崇高勇敢的靈魂，你早就已經擁有了。」

努力擊退迎面撲來的妖獸，杜林不愧爲教廷中新一輩的傑出才俊，在如此危急的狀況下卻沒有方寸大亂，竟是進退有序地把眾人護得周全。甚至在作戰之時還不忘分出一部分心神注意著奈伊的動向，慎防對方忽然暴起發難。

在祭司的疑惑注視下，一直把里奧護在身後的黑髮青年正把一個注入了黑暗元素，表面刻劃著鍊金術法陣的金色小球交至里奧手上，隨即孩子便做出一個令杜林嚇得心臟差點兒停頓的舉動。

接過金色小球的里奧忽然轉身，竟是毫不理會圍繞在四周的妖獸，滿臉堅毅地往外衝去！

兩頭鄰近孩子的妖獸瞬間做出反應，立即捨下難纏的奈伊，轉身便想要追上奔跑中的孩子，卻被早已全神貫注戒備著的奈伊看出意圖，出手將其逼得退了回來。

里奧的突圍使他瞬間吸引了所有妖獸的注意力，孩子特有的細嫩皮膚以及小巧玲瓏的軀體，令他遠比在場的其他人類更令妖獸垂涎。失去了奈伊的貼身保護，孩子正是最脆弱的獵物，讓妖獸群瘋狂不已，露出極度嗜血的神色。

數頭被里奧吸引的妖獸捨下杜林等人，轉而加入攻擊奈伊的行列，這讓保護里奧的奈伊壓力大增。雖然純種魔族與這些低階妖獸根本不在同一層次，然而礙於村民的安全，奈伊卻不敢使出任何大殺傷力的招式。在這種被群毆還要分神保護別人的狀況下，即使是純種魔族還是大感吃不消。

就在奈伊被狂性大發的妖獸圍攻得手忙腳亂之際，其中一頭妖獸看準了青年被同伴糾纏得騰不出手的空隙，順利從奈伊身旁掠過，眼看就要追上奔跑中的孩子。

奈伊那把以魔力凝聚而成的純黑刀刃正抵抗著另一頭妖獸的攻擊，根本阻止不了往里奧衝去的妖獸。奈伊一咬牙，竟伸出左手手臂，強行把成功突圍的妖獸硬生生攔截下來！

盛怒下的妖獸捨下想要越過奈伊的心思，低頭一口便往男子手臂咬去！

聽到對方傳來的痛哼聲，妖獸感到大大地吐氣揚眉了一番，更是死死咬住對方不肯鬆口，顯是決心要與對方耗上了。

高階魔族對妖獸的毒素擁有免疫力，也有著極強的自癒力，可是卻不代表他們不會受傷。很快地，鮮血便從妖獸死死咬住的傷口流出，染濕了男子大片衣袖。若不是魔族的身體比人類強壯，只怕奈伊的手臂早就廢掉了。

錐心的痛楚從傷處傳來，這可說是奈伊自從在冰雪王國與同是高階魔族的克奈兒作戰以後，所受過最嚴重的傷勢。即使如此，男子卻沒有絲毫退縮，他知道自己的身後就是毫無自保之力的里奧，因此他只是默默忍受著，堅定地阻擋朝孩子而去的危險。

圍攻著奈伊的數頭妖獸受到空氣中那屬於純種魔族的血腥味所刺激，頓時像受到鮮血吸引的鯊魚般嘶吼著衝前，動彈不得的奈伊頓時變得岌岌可危！

左臂被妖獸死死咬著不放，右手的長刃總算格開了糾纏不已的兩頭妖獸，然而迎面而來的攻擊卻像潮水般綿綿不絕。混亂中，奈伊只覺右腳一痛，顯是與左臂同一命運，被妖獸咬個正著。

隨即撲來的妖獸，更是把攻擊的部位鎖定了男子的咽喉！

那瞬間，奈伊猶豫了。

咽喉這種脆弱的部位被咬中的話，即使是高階魔族也會吃不消的。要是受到致命重傷，那麼他就再也無法牽制妖獸群，無法保護在場的所有人了。

不過里奧就在身後，自己早就下決心絕不會讓任何一頭妖獸追上去的。

閃避？還是不閃避？

迷茫的眼神瞬間即逝，奈伊雙眼閃過一絲決然。面對妖獸的迎面一擊，男子堅定無懼地凝望著張開血盆大口的妖獸，身體卻完全沒有移動半分！

曾經，那名他生命中最爲重要的少女，告訴了他「騎士」的意義。

所謂的騎士，並不是取決於那身華麗的戰甲，也不是取決於飛馳的戰馬，以及背後那隨風而起的披風。

眞正的騎士擁有著崇高的精神與堅定的信仰。榮耀、正直、勇敢、忠誠、公正、謙卑、憐憫、犧牲，這些正是身爲騎士的八大準則。

奈伊曾經對這個職業嚮往無比，然而身爲魔族的他，卻永遠無法像埃德加他們一樣成爲教廷的聖騎士。王室方面，也絕不會開創接收魔族爲皇家騎士的先例。

那時候看著沮喪不已的奈伊，夏思思只是淡淡笑道：「那麼，奈伊成爲只專屬於勇者的守護騎士好了。」

「即使沒有銀甲、沒有戰馬、沒有披風，只要你堅守騎士精神的話，那麼不就是了不起的騎士了嗎？」

奈伊至今仍記得夏思思當時所露出的美麗笑容，就像男子其實從未忘記初遇夏思思之時，少女那滿是警戒、有點疑惑，還有滿滿好奇的樣子。

對奈伊來說，夏思思是他的救贖、他的未來、他的光。

他想要成爲騎士，守護著照耀黑暗的光亮。

既然如此，他怎能在這種時候退縮！

要是連約定也無法遵守，本來能夠守護的孩子也無法守護，那麼他還有什麼資格成爲思思的騎士，以守護勇者爲己任？

以純種魔族的身體素質，低階妖獸的攻擊對他來說並不致命。雖然會讓他受到重創，再也無法作戰，然而奈伊相信，里奧趁著這個機會把閃光球送上天空後，埃德加等人必定會立即趕來拯救大家的！

咬緊牙關、緊閉雙眼，奈伊下定決心無論遇上怎樣的攻擊也絕不移動分毫。

雖然已把眼睛閉上，但奈伊仍是感受到妖獸撲來時所帶起的勁風，以及獸口傳來的腥臭氣息。然而過了數秒，卻意外地感受不到預期中的痛楚，這令他不禁疑惑地張開雙眼。觸目所及的竟是身前閃爍著光芒的聖光護盾，以及杜林那充滿著複雜情緒的眼神。

「謝謝……」從沒想過一直冷眼旁觀的杜林竟會出手相助，奈伊一時之間也不知該怎樣面對這名先前還對自己充滿敵意的祭司，只能呆呆地道了聲謝。

杜林的心情也很複雜。他早已看到奈伊為了掩護里奧而身陷險境，可是卻忌諱這是陷阱，害怕這是魔族博取同情的手段而沒有伸出援手。青年不是個膽小多疑的人，只是他有責任確保村民的安全，絕不能有絲毫大意。

直至奈伊面臨重創也沒有退縮，杜林這才驚覺對方的一切舉動完全是出於真誠，竟是沒有絲毫作偽！

直至此時，他才完全相信眼前的魔族是真的想要保護大家。

□

趁著這個空檔，里奧總算與妖獸拉開了一小段距離。孩子一手緊握住奈伊交託給他的小金球，一手按住了心臟的位置，誰也沒有發現背向著眾人的里奧的一張小臉，早就因痛苦而扭曲。心臟的每一下跳動此刻成了難以忍受的劇痛，視線更是益發變得模糊，每跑一步便是拉近了孩子與死神之間的距離。

即使如此，里奧仍沒有放棄，甚至在痛苦的折磨下依舊保持了他所能跑出的最高速度，努力想要把手中的閃光球送上天空。

終於金光一閃，孩子把小金球往天空拋去。奈伊立即催動殘留於閃光球上的魔力，只見球體表面瞬間浮現出複雜又美麗的魔紋，便如出弦的飛箭般一飛沖天，隨即便爆發出刺眼無比的光線。

看到這足以照亮整座森林的光芒，里奧鬆了口氣之餘卻再也支持不住，雙腳一軟便往地上倒去。

「里奧！」受到妖獸圍攻的杜林只能向孩子投以擔憂的視線，隨即有點責怪地看向一旁的奈伊，道：「他的心臟自小便不好，你怎能夠讓他奔跑!?」

奈伊不禁訝異。倒不是由於杜林的責備，而是對情感異常敏銳的他發現，杜林的責備中透露出些許親近之意，態度就像是對待朋友似的責備與抱怨。顯是在杜林自己也沒察覺到的時候，已經將奈伊視爲同一陣線的戰友了。

奈伊開心地咧開了嘴，沒有任何人會因遭到敵意而不難過，同樣地，也不會有任何人因為受到接納而不高興。

看到奈伊沒有回答他的質問，只是逕自在傻笑著，杜林不禁質疑，這就是高階魔族？怎麼這副德性？

感受到從四面八方而來的疑惑感，奈伊環視四周，這才發現不只杜林，就連村民也用著怪異的表情凝望著他。這害奈伊不禁摸了摸臉，納悶著到底有什麼東西吸引到眾人這麼怪異的視線。

結果奈伊這麼一摸臉，看起來更迷糊了。害眾人差點吐血……

你表現得如此人畜無害可以嗎？你好歹也是高階魔族，有高階魔族的肅殺形象要維護吧!?你再這樣把魔族的形象敗壞下去，全天下的高階魔族都要哭了！

奈伊即使再敏銳也只能感覺到眾人的情緒波動而已，並不是真的能夠洞悉人心，因此也就只能歪著頭，納悶著眾人奇怪的反應。

就在此時，一陣急促的馬蹄聲由遠至近傳來，奈伊立即喜形於色：「他們趕來了！」

奈伊的話才剛說罷，一頭正與數名村民爭持不下的妖獸倏地倒下。獲得喘息機會的眾人定睛一看，這才發現一支箭矢不知道什麼時候已插在妖獸的脖子上，完美地貫穿了牠的咽喉。

本應是一擊斃命的攻擊落在復元能力驚人的魔族身上，威力顯然還不足以致命。妖獸倒地片刻又再度掙扎著站起。此刻重傷的牠口吐白沫，用前肢強行弄斷了插在脖子上的箭矢，傷口血流如注地不停流出帶有毒素的紫黑血液，鮮血染濕了大半黑色皮毛，看起來恐怖又猙獰。

當村民回過神來，正要上前攻擊這頭身受重傷的妖獸之際，又是兩支箭矢射來，竟然沒有任何偏差地先後命中魔族的咽喉。短時間內受到如此密集的致命攻擊，即使是高階魔族也吃不消，更何況這頭妖獸還只是獸形的低階魔族？

發出瀕死的悲鳴，妖獸不甘地掙扎了一會兒，最終完全靜止不動了。

杜林訝異地把整個過程看在眼裡，心想，這樣也行？

以祭司的眼光，當然看出這幾支擊向妖獸的箭矢完全沒有附上任何魔法，照理應該無法擊倒魔族才對。以村民爲例，他們往往需要花費很大的工夫，以人海戰術

來把一頭妖獸耗死。可是這名射出箭矢的人，卻硬是以準確的攻擊，於數秒內造成了妖獸多次的致命傷，

這種攻擊簡直就是專門爲狩獵妖獸而設的。獵戶的箭法雖然也不錯，但絕不像這幾箭般如此「專業」。

就在杜林爲奈伊神祕同伴的手段驚異不定之際，三名騎乘著馬匹的青年風馳電掣地越過高大的灌木叢，出現在眾人面前。

「竟、竟然是聖騎士！」杜林此刻覺得自己已經完全麻木了，即使再來什麼大驚嚇也能淡然面對。

身爲魔族的青年，口口聲聲掛在口邊的「同伴」中，竟然有兩名聖騎士，這是要人的吧？他們其實是仰慕聖騎士的威風、只是此假扮聖騎士的粉絲教徒而已吧？

就在杜林如此自我安慰的同時，那名相貌俊美、金髮碧眼的聖騎士打了一個手勢，三人便瞬間分散開來。棕髮騎士策馬衝進了妖獸群中，揮舞著長劍迎擊，那銀白的劍身清晰地浮現出淡淡的聖光，被斬中的妖獸無不嘶吼悲鳴，染上聖光的傷口再也無法再生。

另一名不作聖騎士打扮、高挑清秀的青年，則是護在暈倒的里奧身前，並拉開了手裡的弓，發出有效又淩厲的遠程攻擊。

至於那名發號施令的金髮騎士卻沒有加入攻擊的行列，而是翻身下馬，在同伴弓箭守護下使出不亞於祭司的聖光，試圖穩定里奧的病情。

無論是棕髮騎士長劍上的神聖氣息，還是金髮騎士的聖光，都確確實實地向杜林傳遞了一個事實——眼前的兩人的確是貨眞價實的聖騎士！

孩子在埃德加的救助下緩緩轉醒，將里奧交給艾維斯保護，騎士長也拔出腰間長劍轉身加入戰局。有了艾維斯的箭矢掩護，以及兩名聖騎士的加入，形勢頓時有了一百八十度的大逆轉。

受到妖獸群圍攻，這段時間裡承受著最大壓力的奈伊與杜林也總算能夠鬆了口氣，把掩護村民的工作託付給弓箭手，全力投入擊殺妖獸的行列。

當最後一頭妖獸倒下之時，村民情不自禁地爆發出強大的歡呼聲。受到妖獸圍攻，他們本就沒想過能夠逃出生天，只是出於求生本能奮力作戰而已。想不到最終不只沒有任何一人喪生，甚至還把來襲的妖獸全滅，這實在是村民們作夢也想不到的事情。

接過甦醒過來的孩子，杜林對著戰戰兢兢的里奧劈頭罵了起來：「以後不許再這麼做了！你知道大家有多擔心你嗎!?」

這名年輕的祭司素來溫柔和善，里奧還是首次見他發那麼大的脾氣，不禁把小小的身體縮得更小，弱弱地說了聲：「對不起……」

看起來生氣無比的杜林忽然衝前，一把抱住了滿臉歉疚的孩子道：「真是嚇死我了！你根本就不用證明什麼。大家……從來就不覺得你是負擔。」

聽到杜林的話，里奧的雙眼訝異地睜大，眼眶瞬間被淚水淹沒。在模糊的視線中，孩子隱約看到遠處的奈伊站在同伴的身旁向他揮了揮手，以及魔族翹起的嘴角所蘊含著的溫柔笑意。

「里奧你知道嗎？你根本就不用特意進入森林來證明什麼，也不用拿自己來與別的孩子做比較。堅定不移的意志，以及崇高勇敢的靈魂，你早就已經擁有了。」

隨即，孩子便看見奈伊從幾名村民手上接過一個裝滿清水的水囊，並拉過同伴們帶來的馬匹翻身上馬。只見他向眾人點頭示意以後，便不發一言地與同伴們轉身離開。

「請等等！」數名注意到他們離開的村民想要把人挽留下來，畢竟人家可是救了自己一行人的性命，至少要邀請他們至村莊好好招待才對。可惜這四名神祕的青年並沒有因爲村民的呼叫聲而停留，策馬的他們很快便遠離了眾人的視線。

「眞是個……奇怪的團體呢！」同樣滿心感激的杜林一直凝望著四人離去的方向，直至青年們的身影完全消失在視線裡爲止。

收回了視線的祭司，這才發現懷裡的孩子依舊不死心地盯住奈伊離開的方向，認眞的眼神像是在尋找著什麼。

「怎麼了？」杜林不禁疑惑出聲。

「好奇怪，奈伊向我說過很多有關思思的事情，可是看他的同伴中卻沒有任何一個是女孩子。難道思思不在他身邊嗎？好可惜，我本來很期待認識她的……」說罷，孩子不高興地癟了癟嘴，一臉遺憾。

「那名魔族青年叫奈伊？他還有個名叫思思的同伴!?」即使是性格穩重的杜林，在聽到孩子的話以後也不禁驚呼出來。

「是、是的。奈伊的同伴叫『思思』，因爲與勇者大人同名，所以我記得很清楚。有什麼地方不對嗎？」被杜林的反應嚇了一跳，里奧認眞地回想自己先前所說的話，卻不覺得有什麼地方會讓杜林如此驚訝的。

沒有回答孩子的詢問，祭司正把四名青年的身分，與教廷新發下的公告內容作對比。

擁有人形的高階魔族、聖騎士第七小隊、來自亡者森林的青年，以及那一位被眞神所呼喚，名叫夏思思的勇者……

這四人該不會……

想到這兒，杜林狠狠地拍了拍自己的臉龐。不理會村民與孩子的驚訝眼神，杜林開口罵道：「我眞是白痴！還在想什麼『該不會』的，這四人很明顯就是勇者大人的同伴吧？」

想到奈伊不計前嫌，捨命保護眾人的安危，再想到當時自己對魔族的猜疑與傷害，還有在看到教廷那有關於勇者接納魔族作同伴的公告時，那發自內心的抗拒與厭惡，杜林不禁感到歉疚又羞愧。

他曾經認爲夏思思的想法過於天眞。魔族就是魔族，無論如何那骨子裡的邪惡與嗜血是不會改變的，當時的他如此堅信著。

直至現在才發現，原來膚淺的人是自己。

也許並不是所有魔族都如同那名名叫奈伊的青年般，對人類毫不保留地散發出善意。可是同樣地，也會存在著願意與人類和平共存的魔族，即使他們的存在是多麼稀少。

既然已明瞭這一點，那麼自己便不能再繼續旁觀下去，是時候要去做點事情了。也算是順道報答那位雖然出身於黑暗，卻比很多人類還要崇高的魔族青年的恩情吧！

輕輕把懷中的孩子放下，杜林歉意地摸了摸里奧的頭顱，道：「抱歉，雖然答應過會在村子停留一陣子，可是現在卻有不得不做的事情。」

孩子眨了眨眼睛，道：「是很重要的事情嗎？」

「嗯，我必須要回教廷，說服那些頑固的同伴才行。」

抬頭看向四名青年離去的方向，杜林的雙眼中滿是堅決的神情。

想要做點什麼來支持他們，想要讓他們知道，教廷對於魔族護衛的存在並不會只出現反對的聲音。

杜林想要讓他們知道，即使是侍奉貞神卡斯帕的神職人員，也會有相信他們的人存在。

相信那一個，由聖與魔所組成的團體。

〈聖與魔〉完

後記

各位好！很感謝大家購買這一本《懶散勇者物語07 第四枚碎片》，也謝謝大家一直以來的支持！

踏入十月份，天氣開始變得涼爽起來了。清爽的天氣最適宜去旅行呢！下星期我將與友人一起到台灣旅行，祈願當天能夠有好天氣，順利看到阿里山美麗的雲海。

上個月我到了越南旅行，感受到越南改革開放後的生命力，也看到不少越戰時期相關的相片、地道戰場，以及各式各樣的武器，充分感受到戰爭的禍害與悲哀。

國與國之間發動戰爭，往往受苦的都是平民。希望人類不要再自相殘殺了，世界和平這個祝願什麼時候才能實現呢？

□

這一集中精靈族與獸族相繼出場！這些新角色對於有看《傭兵公主》的朋友來說應該不會陌生，寫他們的時候我也有種很懷念的感覺呢！

至於沒有看過《傭兵公主》的朋友請放心，兩本小說的故事都是完整而獨立的，並不會因爲沒有看《傭兵》而看不懂《懶散》，所以追看《懶散》的各位，不用逼著自己去看另一本喔！

特別一提，內文中出現的「新阿姆斯特朗旋風噴射阿姆斯特朗砲」是滿經典的台詞，我想大家應該都有聽過了吧？要是各位看不明白的，可看看《銀魂》第一百零三話：〈只有小孩子看到雪才會興奮〉。

要是大家看過《銀魂》以後還是不懂，那麼請不要詢問我，如此純潔無瑕的心，我實在不忍把它玷污，請繼續保持下去吧XD

最近發現臉書出現一些由讀者所創建的《傭兵》與《懶散》的粉絲頁，非常感謝大家對我的作品的喜愛。

因爲看到有些讀者誤會了，因此藉著這篇後記向各位說一聲，我的臉書專頁只有「香草遊樂園」這一個喔！大家可以在作者簡介中找到專頁的連結網址，其他專頁所發表的同人圖與文章也與本人無關。

出版社現正舉辦一個名爲「跟著勇者大人去冒險」的勇者角色選美（？）活動，投票後獲得最多票數的三位角色（佳麗？）便能走出書中，並進駐全國精選書店，讓大家近距離接觸喔！別錯過這個大好機會，快些上蓋亞文化的臉書投心儀的角色一票吧！（註：本書出版時，活動已進入角色合照階段。）

好可惜我人在香港，不然我絕對會衝去拍照留念啊!!

現在與角色們合照的光榮任務只得交給大家了，可以的話，請傳張相片給我看看吧XD

另外，向大家報告一下，還記得在卷六的後記中，我曾經談及將要面對的古箏考試嗎？

現在回想起來還是覺得很緊張，考官的樣子超級嚴肅，彈奏時彈錯了便立即變得很慌亂地接連出錯……本來已做出最壞的打算會不合格，然而出乎意料地，考試順利通過了！

雖然我學習古箏只是興趣，並沒有以此作爲職業的打算，但通過了考試也是對實力的肯定，因此還是感到非常高興，不過對於考試時的失常有點不滿意就是了。

說到古箏，不得不提到讀者「星光」非常有心，特意送了一張彈奏古箏的圖給我，令我很感動呢！

非常喜歡《懶散07》的封面，顏色與構圖也給人溫馨的感覺，艾維斯與莉蒂亞兩名美人亦非常搶眼，與卷五的雙人封面相比，又是另一種不同的風格。

說著說著，開始期待卷八的封面了（太早了吧？）。那麼，我們第八集見囉！

香草

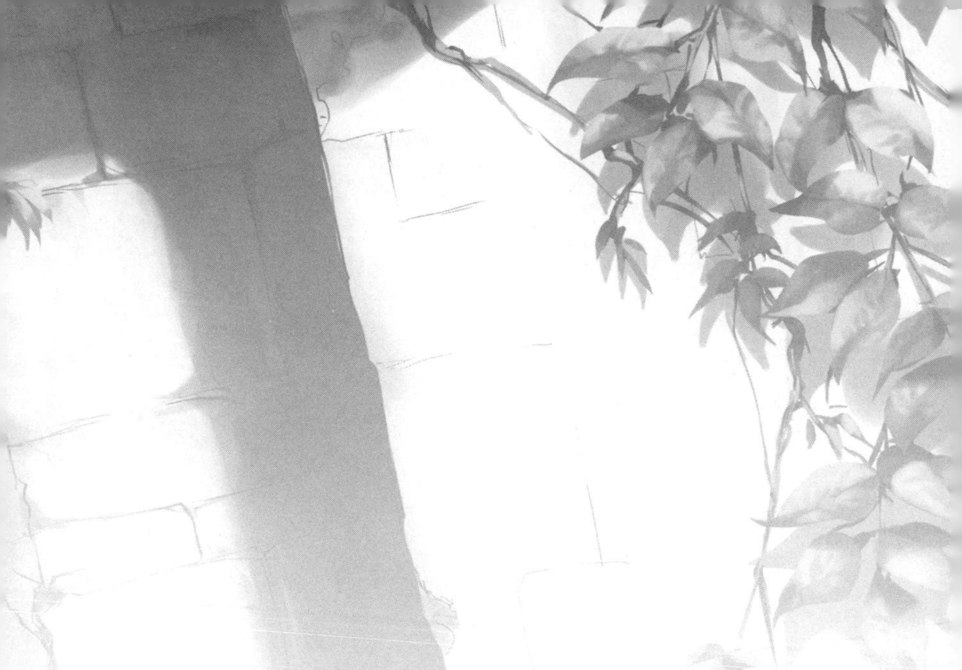

【下集預告】

懶散勇者物語 vol.8

在精靈族幫助下，勇者一行人拿到重新調製的藥劑，
喝下藥劑的艾莉，終於變回二十五歲的美麗佳人！
有了藥劑在手，龍王兄妹的封印也被解除，
然而，恢復記憶的諾頓，卻告知眾人一個驚人的事實……

卷8 生命藥劑．敬請期待～～

路邊攤　著

最新校園傳說、令人戰慄又懷念的校園鬼故事！

見鬼，就是我們社團的宗旨！還記得學生時代校園裡百般的驚悚鬼故事嗎？故事的開頭總是「聽說」而不是「我看到」。因爲沒有人眞正看到過，所以更有無限的想像空間⋯⋯

當教室是通往異界的入口、廁所鏡子是勾人心魄的凶器、自然現象中加上了絕對無法想像的「東西」後，你還確定世界是安全的嗎？誰知道這些故事（事實？）何時會消失，何時會再度甦醒？

見鬼社

明日葉　著

淡淡心動滋味，無厘頭搞笑風格，夏日清爽開胃讀物！

炎炎夏日某一天，故事就從女孩向男孩搭訕的第一句話開始——
「你好！我是外星人，可以跟你做朋友嗎？」
這天外飛來的清靈美少女頭腦似乎⋯⋯有點怪？
女孩無厘頭的個性，讓男孩平靜的校園生活瞬時風雲變色。不過，所有事件的背後都藏了無數巨大的祕密，讓人意外的眞相說明了她的「超能力」，也解釋男孩腦中的異樣感。
那天，在櫻花樹下許下的願望是⋯⋯

外星少女
要得諾貝爾和平獎

醉琉璃　著

揉合神話與青春校園的奇幻冒險!

宮一刻是個熱愛可愛事物的不良少年，莫名車禍後，他開始能見到人類身上冒出的「黑線」。滿懷不解的他第一次遇上渾身粉紅蕾絲邊的可愛女孩時，就不應該再奢求平靜的校園生活了⋯⋯

蘿莉小主人、靈感雙胞胎、僞娘戰友、巴掌大壞心眼少女⋯⋯無敵怪咖成員們，織成驚心動魄兼囧笑連連的每一天。以線布結界、以針做武器，還要和名爲「瘴」的怪物作戰，不得已訂下契約的一刻，將展開一段名爲熱血的打怪繪卷！

織女系列（全八冊，番外一冊）

醉琉璃　著

《織女》二部來襲！不管是神明、人類或妖怪，都大鬧一場吧！

不思議事件狂熱者室友A，是個手持巨大毛筆的「神使」？一臉酷樣的少女殺手室友B，還是個活生生的「半妖」？這些宛如動漫的名詞突然殺出，低調眼鏡男只能輸人不輸陣，變身了！？

不敬者破壞封印，釋放了不該釋放之物！神使公會曝光，舊夥伴、新搭檔陸續登場——「他」無奈表示：爲啥我得聽一個男人說「我願意」呀!!

神使繪卷系列（陸續出版）

香草　著

脫掉裙子、剪去長髮，誰說公主不能大冒險！
心跳100%，詭異夥伴相隨的刺激旅程!!

一連串恐怖陰謀與噩耗的重擊下，西維亞公主一肩扛起天上掉下來的任務：「解救皇室危機」
在淚眼矇矓卻有一副好毒舌的侍女「歡送」下，
聚集超級天然呆魔法師、知性腹黑與爽朗隨性的青梅竹馬騎士長，西維亞正式展開以守護國家為名的嶄新冒險。

傭兵公主系列（全六冊，番外一冊）

香草　著

史上最沒幹勁的勇者，被迫上路!

夏思思是個絕對奉行「能坐不站、能躺不坐」的17歲少女。卻被自稱「真神」的神祕美少年帶到了異世界！身為現役「勇者」，也為了保住小命，她只好心不甘情不願地踏上保護世界的麻煩旅程。

誰知道旅程還未展開，思思便被史上最「純潔」的魔族纏上？帶著一夥實際身分是聖騎士、偏偏又很難搞的夥伴，決定兵分兩路行動的新手勇者夏思思，前途無法預測！

懶散勇者物語系列（陸續出版）

倚華　著

輕鬆詼諧又腹黑，加上充滿絕妙個性的吐槽，全新創作！

這是一個關於友情、愛與責任的故事……（才怪！）
事實上，這是關於一個又脫線又白痴傢伙的故事。（也不是啦！）
皇家禁衛組織，一個集合了眾多「奇特」成員的團體，夥伴們該如何相親相愛地完成屬於他們的特別任務呢？

東陸記系列（陸續出版）

可蕊　著

異世界的新手，驚險連連的冒險新章！

真是巧合？還是有人背後搞鬼？工作飛了、正面臨斷糧危機的楚君從意外甦醒後，發現自己和愛貓娜兒掉入了某個彷如電玩遊戲的奇幻國度，靈魂更雙雙進入了擁有「絕世容貌」的新軀體！

楚君和娜兒對新世界沒有任何知識與概念，但屬於「身體」的原始記憶，卻在接近眾傭兵團目標之地後漸漸覺醒。她們的身體原來是誰的？這些記憶是否具有特殊意義？而楚君手中那枚拔不掉的詭異戒指，要如何在一卡車「狩獵真有趣」的生物環伺下，解救主人？

奇幻旅途系列（陸續出版）

米米爾　著

少喝了口孟婆湯，留幾分前世記憶。
16歲女高中生偵探，首次辦案！

嬌小又低調的偵探社社長．滕天觀，迫於種種原因，無奈地接下來自學生會長的「委託」，誰知，對方竟還附贈一個據說「很好用」的司馬同學！到底是協助調查還是就近監視，沒人說得清。

帶著前世「巡按」記憶轉世的少女偵探，推理解謎難不倒，人心險惡司空見慣，但老成淡定的她，卻總在看到「他」時，想起了什麼……

天夜偵探事件簿系列（陸續出版）

魔豆文化徵稿啟示／投稿辦法

耕耘華文原創作品的出版，一直是魔豆文化所致力的目標，希望將來能與更多創作者一起成長，歡迎充滿熱情、創意與想法的創作者加入我們：）

投稿相關規定可以參考下列網址：

http://gaeabooks.pixnet.net/blog/post/8543422

投稿信箱：editor@gaeabooks.com.tw

國家圖書館出版品預行編目資料

懶散勇者物語 / 香草 著.——初版. ——台北市：
魔豆文化出版：蓋亞文化發行，2013.11
冊； 公分.
ISBN 978-986-5987-29-9（第7冊；平裝）

857.7 101026390

fresh FS049

懶散勇者物語 vol.7

作者 / 香草
插畫 / 天藍 封面設計 / 克里斯
出版社 / 魔豆文化有限公司
地址◎ 台北市103赤峰街41巷7號1樓
電話◎（02）25585438 傳真◎（02）25585439
網址◎ www.gaeabooks.com.tw
部落格◎ gaeabooks.pixnet.net/blog
電子信箱◎ gaea@gaeabooks.com.tw
投稿信箱◎ editor@gaeabooks.com.tw
郵撥帳號◎ 19769541 戶名：蓋亞文化有限公司
發行 / 蓋亞文化有限公司
法律顧問 / 十方法律事務所
總經銷 / 聯合發行股份有限公司
地址◎ 新北市新店區寶橋路二三五巷六弄六號二樓
電話◎（02）29178022 傳真◎（02）29156275
港澳地區 / 一代匯集
地址◎ 九龍旺角塘尾道64號龍駒企業大廈10樓B&D室
電話◎（852）2783-8102 傳真◎（852）2396-0050
初版一刷 / 2013年11月
定價 / 新台幣 180 元
Printed in Taiwan

ISBN / 978-986-5987-29-9

FS049

懶散勇者物語 vol.7

魔豆文化　讀者迴響

感謝您在茫茫書海中選擇了魔豆，您的支持是我們最大的動力。
不要缺席喔，讓我們一起乘著夢想的羽翼，穿越時空遨遊天地！

姓名：　性別：□男□女　出生日期：　年　月　日
聯絡電話：　手機：
學歷：□小學□國中□高中□大學□研究所　職業：
E-mail：　（請正確填寫）
通訊地址：□□□
本書購自：　縣市　書店
何處得知本書消息：□逛書店□親友推薦□DM廣告□網路□雜誌報導
是否購買過魔豆其他書籍：□是，書名：　□否，首次購買
購買本書的動機是：□封面很吸引人□書名取得很讚□喜歡作者□價格便宜□其他
是否參加過魔豆所舉辦的活動： □有，參加過　場　□無，因爲
喜歡出版社製作什麼樣的贈品： □書卡□文具用品□衣服□作者簽名□海報□無所謂□其他：
您對本書的意見： ◎內容／□滿意□尚可□待改進　◎編輯／□滿意□尚可□待改進 ◎封面設計／□滿意□尚可□待改進　◎定價／□滿意□尚可□待改進
推薦好友，讓他們一起分享出版訊息，享有購書優惠 1.姓名：　e-mail： 2.姓名：　e-mail：
其他建議：

◎請沿虛線剪開、對摺、裝訂後寄出

◎請沿虛線剪開、對摺、裝訂後寄出

廣告回信 郵資免付
台北郵局登記證
台北廣字第675號

魔豆文化有限公司　收

103 台北市赤峰街41巷7號1樓

魔豆

魔豆